ハッピー
（※この美少女はイメージです）
清楚で優しい召喚獣の女の子。
ヘレシーが幼い頃に喚びだした。
共に育った彼にとって
妹同然の存在。
『鬆大シォ纒翫U纏呻
（頑張ります！）』
JN230137
なぜ逃げるんだい？
僕の召喚獣は可愛いよ
Why do you run away?
Why? My summoned beast is very cute!

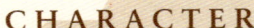

CHARACTER

Why do you run away?
Why? My summoned beast is very cute!

「初日から面白い相手を見つけてしまったねぇ？」

コン子さん

レティーシアの召喚獣。
狐の姿のほかに
人型の姿にもなれる。
実は別大陸から来た
神聖な存在。

「貴族の沽券に関わるわ」

レティーシア

成績優秀、容姿端麗な
貴族令嬢。クラスでは
ヘレシーの隣の席に座る。
高いプライドを持っていたが、
ハッピーの姿を見て一変してしまう。

「醜く、ありませんか？」
ジェイド
貴族の御曹司で
レティーシアの元婚約者。
彼女を巡るヘレシーとの
決闘騒ぎをきっかけに
貴族としての人生が
大きく狂うこととなる。
「舐めるな。庶民の情けなど受けん」
「おいで、ハッピー」
ヘレシー
ど田舎のシアワセ村
出身の少年。
庶民ながら貴族ばかりの
王立召喚師学園に入学した。
天然で物怖じしない性格。
ハイドラ
ヘレシーの第二の召喚獣。
その異形の姿のために
迫害を受けてきたが
ヘレシーに受け入れられ、
彼に心酔する。

「ヘレシーの姿を見て、
声を聞いて、匂いに包まれて……
私の全身が安心しているの」

「ハッピー先輩は
すごく可愛らしい方
なんですね！」

「どうもキミ――
私の霊格が
見えているようじゃないか」

HAPPY COLLECTION

POINT No.1

召喚獣ハッピーの真の姿。
見ていたら段々愛嬌ある姿に思えてくる（ヘレシー談）。

POINT No.2

ハッピーが人型に擬態した姿。
手・足・頭の数が合っているのは、奇跡的にうまくいった方。

POINT No.3

顕現時には漆黒の裂け目から落下してくる。
地面に叩きつけたハンバーグのタネにも見える。

POINT No.4

横から見た姿。
浮かび上がる顔は会話もでき、お茶目な者が多い（ヘレシー談）。

POINT No.5

上から見た姿。埋め込まれた人間部分も生まれ持った肉質……らしい。

なぜ逃げるんだい？　僕の召喚獣は可愛いよ

夜迎 樹

ファンタジア文庫

3463

口絵・本文イラスト　スコッティ
クリーチャーデザイン　バリキオス

CONTENTS

Why do you run away?
Why? My summoned beast is very cute!

1　入学式

やあ、僕の名前はヘレシー！

小さい頃に呼び出した召喚獣のおかげで召喚師としての素質を認められた僕は、今日からあの有名なメイユール王立召喚師学園に入学する事になったんだ！

召喚師っていう職業はみんなの憧れ！　国を築き、国を護るとってもすごい人達だよ！　そんな召喚師に自分もなれるんだと思うと、ワクワクと緊張で初日の朝から遅刻寸前まで寝ちゃってたよね！

「……で、あるからして、我が国メイユールの未来を担う諸君らのこれからの活躍に――」

入学式では学園長の代理の人から有り難いお言葉を拝聴したよ！　学園長本人はお仕事で近年不在なんだって！　偉い人も大変だね！

話の内容は薄っぺらくてよく分からなかったけど、周りの生徒達はみんな真剣に耳を傾けていたよ！　これからの学園生活を想像して気合い十分みたい！

僕は今日からの学園生活の事を考えると、故郷で召喚獣が擬態もせず走り回っているのを発見した時みたいに不安な気持ちになるよ！　勉強の事もそうだけど、貴族の人達と上手くやっていけるのかってね！

『縺ゅ?窶ｧ窶ｧ縺昴?萓九∴繧√■繧?▲縺ｨ縺ｨ縺ｩ縺上（あの……その例え、ちょっとひどくないですか……？）』

あ、ごめんごめん！　でもあの時君の姿を見て失神したパン屋のお爺さん、二日間も目を覚まさなかったじゃない？　それは紛れもない事実だから結果は受け入れようね！

そんな感じで召喚獣と頭の中で会話していたら入学式は終わったよ！　そのまま僕達は初老くらいに見える担任の先生の先導で教室に到着したんだ！

正面の白板に席順が書いてあるね！　事前の説明によると今回入学した庶民は僕だけらしいけど、せっかく同年代が集まってるんだから身分に関係なく仲の良い友達ができたら嬉しいよね！

クラスメイトの名前を覚えて友達作りを有利に進めるべく白板を注視していると、誰かが隣の椅子を引く音が聞こえてきたよ！　お隣さんとは在学中の接点も多くなるだろうし、仲良くなれそうな人だといいなぁ！

「うわ……私の隣、庶民じゃない。面倒な事にならなければいいのだけれど……」

あ、駄目そう！　少なくとも話しやすいタイプの人ではなさそう！　アハハ！

訝しむような半目で僕を見ていたのは、いかにも手入れにお金のかかっていそうな赤色の長髪を揺らす女の子！　なんか初手から突っ掛かってきてめんど……虫の居所が悪そうだから、ここは一旦受け流すのがいいと思うね！

「よろしくー」

「……いや、挨拶する時くらい目を合わせなさいよ」

「よろしくー」

「反応が想像の十倍くらい軽いわ……」

こんな風にお貴族サマに敬語を使わなくても問題にならないのがこの学園の凄いところだよ！　ここの学生は全員平等な身分として扱われて、学びと研鑽だけに集中できる環境になっているらしいんだ！　学園長代理のヤマ無しオチ無しの話でも説明されていたね！

「おい庶民、何をしている！　俺のレティーシアに近寄るな！」

「うわ、出たわね」

あっ、見て見て！　不機嫌そうな金髪お貴族サマが話に割り込んできたよ！　入学初日からとっても賑やかだね！　楽しいクラスになりそうで嬉しいなあ‼

この少し制服を着崩して粋がった……オシャレをした男の子は、隣の席になった女の子と知り合いみたいだね！　『俺の』って言ってるくらいだし婚約者って線もありそうだけど、貴族の嫁ぎ事情なんて昨日の星占いの結果くらいどうでもいい話だから深く考えないようにしよう！

「ジェイド……貴方との婚約は解消になった筈よ。そういう言い方はやめて頂戴」

「レティーシア、俺はまだその事に納得していない。俺達はきっと昔みたいにやり直せる」

「親同士が決めた婚約を親同士が解消しただけでしょう。最初から最後まで私達の意思なんてなかったわ」

「いや違う。俺が君を想う気持ちは本物だ。どうか考え直してくれないか。君からも両親に掛け合って……」

「こうなるのが面倒なのよ……はあ」

うん……うん。二人で盛り上がってるところ悪いんだけどさ、僕の席を挟んで話すのやめてくれない？　僕だって終礼前のこの時間を有意義に使って近くの人に話し掛けたりしたいんだけど？

どうやらジェイド君っていうイキりお貴族サマは、元婚約者である隣の席のレティーシアさんっていうお貴族サマに今も恋心を抱いていて、彼女の横に僕がいるこの状況が面白くないみたいだね！

だったら何か適当な理由でも付けて先生に席替えするように提案すればいいと思うよ！

なるべく早急によろしくね！

「……あっ、そうだわ。えーっと……ヘレシーはどう思うかしら。彼、早く席に戻った方が良いと思わない？」

「へ？」

「レティーシア、こんな弱者の名前を呼ぶ必要はない。おい庶民、レティーシアから離れろと言っただろう！　彼女はお前のような身分の低い人間が会話していい女性じゃないんだぞ！」

あっ、巻き込まれ事故だ！

これイキり貴族サマもヤバいけど、隣の彼女も相当ヤバいね！　こんな肯定しても否定しても睨まれそうな質問、良識のある人間なら振ってこないよ！

まぁ学園内では生徒は平等っていう建前があるから今すぐ大事にはならないだろうけど、僕が急に登校してこなくなったら君のせいだからね！

「……えっと、揉め事なら召喚師らしく勝負で白黒つければいいんじゃないかな？」

「召喚師らしい勝負……それは召喚獣を使っての決闘という事かしら。貴方、意外と荒事に躊躇しない性格なのね」

「ほう。いいだろう、その勝負受けてやる。俺が勝ったらお前は二度とレティーシアに近付くな。それでいいな？」

「え？　いやいや、僕が言ったのは君達二人が勝負すればいいんじゃないかっていう話で……」

「ふふ。グレード家が代々継承している召喚獣は、実戦経験が豊富で侮れないわよ。それじゃあ、私は放課後に予定があるから彼の相手はよろしく頼むわね」

あっ見て！　隣のお貴族サマが僕に微笑んでくれてるよ！　とっても可愛いね！　こんな美人の笑顔が見られるなんて入学早々得しちゃったなあ！

……おクソアマぁ！

なんで僕が初対面の貴族と決闘するっていう話になってるの？　挨拶を完全に無視しなかった時点で僕の負け？　こんな理不尽な事ある？

僕はあまり他人を苦手に思うタイプじゃないけど、隣の彼女の事は苦手になれそうな気がするよ！　入学初日から新しい自分を発見しちゃったね！　人との出会いに感謝！　召喚師学園最高ッ‼

『縺倥c縺ゅ∫√?莠九b雖後＞縺ォ縺ェ縺縺溢･j縺励∪縺（もしかして、いつか私の事も

嫌になったりしますか……？）』

いや全然？　君はなんというか……外見以外は人間の基準でも素晴らしい女性だと思うよ。ホラーが苦手な人は見るとビックリしちゃうから、もう少し擬態は上手くなってほしいけどね！

「この決闘、グレード家の次期当主である俺が受けて立つ。家の者に召喚場を用意させておくから、そこで放課後に決着をつけるぞ。二度と舐めた事ができないよう俺が直々に教育してやる……！」

「あら怖い。陰ながら応援しているわ」

「……明日さ、学園内でのパートナーを召喚して契約する最初の授業があるよね？　家族間で継承してるかも知れない今の召喚獣より、自分で呼び出した事が証明できるそっちの召喚獣で決闘した方が本当の実力勝負って感じでいいと思わない？」

誠に遺憾ながら決闘は回避できそうにないから、せめて今いる召喚獣を見せなくてもいい展開になるよう誘導を試みるよ！　僕の召喚獣は間違いなく自分で召喚した子だけど、そんなの相手目線では分からないもんね！　プライドの高いお貴族サマなら個人の力量だけで決着をつけたいよね！

「いや駄目だ。明日まで待つ事はできない。たった一日でもレティーシアに庶民の影響を与える訳にはいかないからな」

「……じゃあこの席、替わろうか？」

「は？　ちょっと貴方……」

「舐めるな。庶民の情けなど受けん。座席を交換するのはお前との決闘に勝ってからだ！　待っていてくれレティーシア。明日からは俺が隣で君を守ってみせる……！」

「こっちにも飛び火してきたのだけれど」

　面倒事を押し付けておいて自分だけ高みの見物なんて許さないよ！　死ぬ時は一人でも多く道連れにしろっていうのが母さんの教えだからね！

　そうして決闘を宣言するだけして、イキりお貴族サマは自席に戻って取り巻きのクラスメイト達と話し合いを始めたよ！　あんまり見ているとまた絡まれちゃいそうだからこれ以上は気にしないでおこうっと！

　隣の席から聞こえてくる小言を無視しつつ待っていると、教室の隅で書き物をしていた先生が教壇に上がって終礼が始まったよ！　内容は……薄味！　想定内の挨拶！　終礼終わりっ！

　という訳で放課後になったんだけど、決闘を無視して寮に帰ろうとしたら隣のお貴族サマにがっちり腕を組まれて逆方向に連行されたよ！　そんなに元婚約者が隣の席になるのが嫌なら最初から僕に喧嘩を売らないでほしいな！　次からは気を付けてね！

どうやら着痩せするタイプらしい彼女に連れて行かれたのは校舎から少し離れた召喚場！　中にいたのはイキりお貴族サマ一人だけ！　召喚場を用意してくれたらしい家の人や取り巻きの人を連れていない理由は分からないけど、かなりの男っぷりだね！

「ジェイド……家の者はどうしたのかしら」

「君だけに見ていてほしいんだ。この学園に入学して、初めて俺が勝利する瞬間を」

「ええ……？」

ジェイド君、自身の美学を追い求める姿勢は素晴らしいと思うけど、相手が困惑するくらい突き抜けちゃうのは逆効果なんじゃないかな！　そういうノリは嫌いじゃないけどね！

想像とは違う展開になったけど、決闘を見るのがこの二人だけなら堂々と召喚獣に出てきてもらっても大丈夫かも知れないね！　わざわざ喧嘩を売ってくるのは心身ともに鍛えてる自信の表れだろうし、彼女を見ても驚かないかも！

「庶民、初手は譲ってやる。召喚獣を呼び出すがいい。……出てこい！　シルバー！」

ジェイド君が正面に手をかざすと、床に出てきた魔法陣から光が立ち昇って大型のトカゲみたいなシルエットが浮かび上がったよ！　竜種かな？　竜種っぽいね！

現れたのは銀色の翼竜！　翼爪までしっかり手入れされているし、磨き上げられた鱗もピカピカでとっても格好良いね！　正直、こうやって愛情込めて仲良くしてる相手と戦うのは抵抗があるよ！

『縺薙■縲峨b雋?縺代※縺ッ縺?i縲後∪縺帙s縲ら?#縲りヲ九〇（こちらも負けてはいられません。私達も見せつけましょう……！）』

おっ、随分とやる気だね！　召喚師としては頼もしい限りだけど、相手も強そうだから油断しちゃ駄目だよ！　頑張ってね！

『縺縺?「√鬆大ｼｵ繧甑∪縺呻「√鬘慕樟（はい、頑張ります！　顕現してもいいですか？）』

うん。じゃあ、いこうか！

「おいで、ハッピー」

2　傾倒：レティーシア

「おいで、ハッピー」

　クラスメイトの少年が、ペットの小動物を呼ぶような気安さで虚空に声を掛ける。

　幼少期に名付けたであろう素直な名前の響き。小柄で可愛らしい召喚獣が呼び出されるのではないかと考えた私だったが、その予想は大きく外れる事となった。

　――どろり。

　気配を感じた瞬間、召喚場の空気が冷たく、そして重くなる。まるで水の中……いや、油の中にいるような不自由さ。息苦しさ。

　咄嗟に自分の召喚獣に助けを求めようとして――寸前で踏み留まった。今呼べばもう会えなくなる。ひとつにされる。そんな強い予感がした。

　――ぐちゃり。

　虚空に現れたのは漆黒の裂け目。そこから這い出てきた大きく柔らかい何かが召喚場の中央へと落下し、強い衝撃と水音を立てて楕円形に潰れる。

銀竜と少年の間を遮るようにして落ちてきたのは赤とピンク色の……肉塊？　馬車ほどの大きさを持つそれは表面に無数の窪みと突起のようなものを持ち、肉の割れ目から赤黒い粘液を滲ませ、溶けた体を混ぜ返しながら移動している。こんな召喚獣……いや、生き物は見た事がない。いてはならない。

　視界に入れているだけで全身が粟立ち、寒気と嫌悪感で手が震える。この世の禁忌に触れたとしか思えない、とても生物として認める事のできない異質な姿。神への冒瀆。

「お、おま、それ、人……なの、か」

　私より近くでそれを見ているジェイドが声を震わせる。

　その言葉の内容が気になって、本能が訴え掛ける忌避感を抑えつけて肉塊に目を凝らした。あれが一体何なのかを確かめるために。

　そして私は、肉塊の表面に——無数の人間を見た。

「なん……なの、あれ……うっ。おえ……」

　鮮やかな赤は剝き身の人間の肉体。無数の顔が、腕が、胸が、脚が痛々しく爛れた姿で寄せ集められ、癒着してひとつになっている。

　パクパクと開閉する口々から発せられるのは自らを殺してくれと懇願する声。痛い、苦しいと叫ぶ溶けた顔はどれも悲痛に歪んでおり、いくつもの手や脚が滅茶苦茶に暴れて耐え難（がた）い苦痛から逃れようとしている。

ぐるぐると宙に視線を泳がせていた数十にもなる眼球達は、やがて強い敵意が込められた視線を前方の銀竜に集中させた。

辛（つら）い。悔しい。恨めしい。——妬ましい。

肉の牢獄（ろうごく）の中で際限なく膨れ上がった行き場のない憎しみは、やがて目の前の傍観者を地獄に引き摺（ず）り降ろす理不尽な刃となる。〝ひとかたまり〟になった者達は、目の前にある平穏を——幸せ（ハッピー）を許さない。

『縺ゅ？窶ｧ窶ｧ繝峨Λ繧ｴ繝ｳ縺輔ｓ縲∞ｻ頑律縺ｯ繧医ｍ縺励¥縺企。倥∧縺励∪縺吶ｧ窶ｧ』

空間を切り裂く甲高い音。それは聞く者の正気を奪い、自らの怪物性を高める不浄の鳴き声。

「ぁ……ぁ……、うぷ……っ」

気付いた時には腰が抜けていた。今すぐこの場から離れようという本能がようやく機能したところで立ち上がれなくなり、五感全てを通じて絶え間なく流れ込んでくる狂気から逃げる事もできず一方的に頭の中が犯されていく。

今までの人生で少しずつ培（つちか）ってきた自我が、性格が、常識が何か恐ろしいものに塗り替えられていく感覚。胃酸の込み上げる口を震える手で押さえたのは最後に残った自尊心か、それとも新たに植え付けられた人格か。

「先手は譲ってもらえるみたいだから、まずは胸を借りるつもりで軽く当たってみようか」

『ｯ縺縺』

少年の指示を受けた怪物がその巨体からは想像もできない軽快さで前進する。人体を寄せ集めた腕状の部位を叩きつけながら床を滑るようにして銀竜との距離を詰めた肉の塊は、縮めた体の反動を使って高く跳ね上がるとそのまま召喚場の天井へと貼り付いた。

『縺ゅ？窶ｧ窶ｧ縺倥ｃ縺ゅ：判謦？＠縺ｨ縺吶？窶ｧ窶ｧ？？』

見上げる程に高い召喚場の天井から叫び声が降り注ぐ。その害意の波が地上に届いたのと同時、異形は己の巨体を膨れ上がらせ、血肉を撒き散らしながら破裂して――空間ごと呑み込んで召喚場とひとつになった。

「な、に……ひぃ……っ！」

瞬間、四方が脈打つ肉壁へと形を変える。胎動する天井が熟れた腫瘍を産み落とし、座り込んでいた肉床が血と空気を吐き出しながら沈み込んでいく。

耳を犯す怨嗟の声。鼻腔に粘り着く血肉の臭い。咄嗟に引いた手が触れたのは、人間の胴体と脚が同化した部位。ここは怪物の体内だ。

目を閉じて耳を塞ぎ、恐怖で歯を鳴らしながら理解した。今まさに私は心を、魂を、命を消化されようとしている。

母親と父親の事を思う。このまま私は全てを失い別の何かになるのだろうか。この異形とひとつになるのだろうか。

「レティーシア」

「レティーシア」

頭に響く声。反射的に涙を拭って顔を上げると、いつの間にか両親が目の前に立っていた。二人の体は柔らかく形を変えながら同化(ひとつになって)しており、それぞれが貼り付いた唇を無理矢理に動かして私に語り掛けてくる。

「あぁ、レティーシア。苦しい。痛い。いたい」

「辛い。息苦しい。助けておくれ、レティーシア」

苦しんでいる。両親が、私の目の前で。

「レティーシア。痛い。痛い。こっちに来て」

「レティーシア。苦しい。苦しい。こっちに来なさい」

「ママ、パパ……っ！」

いかなくては。

二人を助けたい。離れ離れになりたくない。腕を使って肉の床を這いずるようにして進み、こちらに向けて伸ばされた両親の手を握り返そうとしたところで——高所から巨大な何かが落ちてくる気配があった。鮮明な死の予感。

「え……何やってるの。そっちは危ないから行っちゃ駄目だよ」

間の抜けた声が聞こえたと同時に手を取られ、後ろへと振り向かされた。召喚場（しょうかんじょう）の白い壁。平然とした少年の表情。

「……あ……れ……？　……ひッ！」

がきん、と。すぐ後ろで巨大な何かが口を閉じたような音が響く。あと少しでも前に進んでいれば間違いなく巻き込まれていたであろう薄皮一枚の距離。少年に手を引かれ、私は恐怖と絶望の中で失う筈（はず）だった命を救われた。

続くゴリゴリという咀嚼（そしゃく）音から逃げるように這って進み、迷わず少年の脚に抱き着いた。服越しでも分かる温かさ。魂から底冷えしていた体に、人の熱が伝わってくる。

「ヘレシー、ごめんなさい。助けてほしいの。ママとパパが、このままじゃ」

「え、君のご両親？　……いないけど、そんな人達。幻覚じゃないかな」

「で、でも沢山の手が、顔が、壁に！　天井に！」

「それは本当の事だけど……あれだよね、少し個性的だよね、彼女」

少年の脚に縋(すが)りつきながら振り返ると、そこに助けを呼ぶ両親の姿はなかった。

「あ、もしかして君って怖いのが苦手だったりする？　故郷でもさ、そういう人がハッピーに会うと幻覚を見たりしたんだよね。擬態すると多少はマシになるんだけど、あれは擬態していない姿だよ。ここには当事者しかいないし、君も彼もいい性格してるから平気かと思ったんだけど……もう少し気をつけるべきだったかな」

場違いに平然とした彼の声を聞いていると、体の感覚が戻ってくる。安心する。耐え難い恐怖と狂気から、私を救ってくれた声。私を守ってくれる声。

「でもさ、見てたら段々と愛嬌(あいきょう)ある姿に思えてこない？　丸みがあって柔らかくて、まるで血抜き中の肉みたいで……あぁ違う、ぐずぐずに熟れた果物みたいで……あぁ違う」

耳を優しく撫(な)でる音と、抱き締めた脚から伝わる温(ぬく)もり。心が優しく柔らかなもので包まれ、失いかけた人間性が戻ってくる。

もう二度と手放したくない。もうあの恐怖を感じたくない。

彼の脚を抱き込むようにして更に力を入れると、再び頭上から声が降ってきた。

「あの、動けないからそろそろ離してほしいんだけど……」

嬉(うれ)しい。嬉しい。この声を聞く度に私は救われる。悪夢から遠ざかる。

この少年は……ヘレシーは私を守ってくれる。

「えっ、なんか目、怖っ。ごめんごめん。驚かせちゃったのは謝るけどさ、決闘するよう仕向けてきたのは君だし、今日戦う事に拘ったのはあっちの彼じゃない？　僕は何も悪くないと思うんだよね。それにハッピーだって年頃の女の子なんだから、そういう反応をするのは失礼だよ、うん」

彼が沢山話している。彼が話せば話すほど、私は救いの声を聞く事ができる。狂気を感じずにいられる。

うっとりと彼の言葉に耳を傾けながらジェイドの悲鳴やシルバーの雄叫びを意識の外に追いやっていると、さほど時間の経たない内に召喚場は静かになった。

もう怖い事は終わったのだろうか。私は助かったのだろうか。

ああ、よかった――。

「あ、ハッピーおつかれ！　久々に増えて疲れたでしょ。ご飯食べに行こっか」

「え――」

周囲から粘肉の這いずる音が迫る。今の今まで意図的に無視していたそれは、私にとっての恐怖そのもの。

嘘。嘘。どうして。

やがて水音が止み、あの巨大な肉塊に取り囲まれた事を悟る。触れずとも空気越しに熱が伝わる距離。

私にできるのは震え、ただ祈りながら彼に抱き着く事だけだった。

「ごめんなさい、私は、私は」

『縺ゅ?襄ｧ襄ｧ谺。縲√◎縺謎ｺ､莉」縺励※繧ゅｉ縺縺ｧ縺?∧縺ｧ縺吶°襄ｧ襄ｧ??』

「ひ……っ!?」

——居場所を明け渡せ。そこからいなくなれ。

幾つもの濡れた手が肩に置かれ、呪詛のようなものが呟かれる。私を排除しようという明確な意思が込められた声。

抱き込んだ脚から伝う安心感と自分を取り囲む狂気との間で板挟みになった私は、血溜まりに崩れ落ちながら意識を失った。

3　来訪者

やあ、僕の名前はヘレシー！

小さい頃に呼び出した召喚獣のおかげで召喚師としての素質を認められた僕は、今日からあの有名なメイユール王立召喚師学園に入学する事になったんだ！

今は決闘が終わって自室で寛いでいるところ！　初日からお貴族サマに絡まれて疲れちゃったけど、こうして寝る前にお茶を飲んでいると全部どうでもよくなってくるから不思議だよね！　王都は茶葉が安く手に入るから助かってるよ！

――コンコンコン。

一週間前から入寮していたから寮生活にも少しは慣れたよ！　最初は枕が違って寝辛かったりもしたけど、今ではこの通り、ベッドで横になればすぐに眠れるようになったんだ！　なんだか急に寝た方がいい気がしてきたからもう布団に入っちゃうね！

――コンコンコン。

今日はとってもめんど……刺激的だったね！　明日はもっとマシ……楽しくなるよね、

ハッピーー！

『縺医?√≠縺ｮ窶ｦ窶ｦ縺雁ｮ｢縺（え、あの……お客さんが……）』

……。

「……」

『縺ｷ縲√⊇繧薙→縺ｫ蟇昴■繧?▲縺溪ｦ窶ｦ?縺ｭ縺??√≠縺ｮ縲∬ｵｷ縺阪※荳九

&綢ゞ（ほ、ほんとに寝ちゃった……？　ねぇ、あの、起きて下さーい。お客さんですよー！）』

「ん……あぁ、ごめんごめん。嫌な予感がしすぎて現実を受け止めきれなくてさ」

面倒事に巻き込まれたくない一心で本当に寝ちゃってたから起こしてくれて助かったよ！　ありがとう！

なんか今ハッピーの擬態とは似ても似つかない子が起こしてくれる夢を見たんだけど、これって前にハッピーが擬態として目指してるって言ってた姿だっけ？

『縺ッ縺??ゆｷ翫b縺溢∪縺ｫ邱ｴ鄙偵@縺ｦ繧九s縺ｧ縺吶¢縺ｩ窶ｦ窶ｦ繧?▲縺ア繧贋ｺｺ蝙九?謫ｬ諷九?髮｣縺励＞縺ｧ縺吶?縲?

（はい。今もたまに練習してるんですけど……やっぱり人型の擬態は難しいですね）』

そうだね、まずは頭が多いのと肌が足りないのをどうにかして……。

――ガチャ。

「ヘレシー、入るわよ」

「あのさぁ」

ハッピーと話して来訪者の存在を努めて無視していたら、内側から施錠していた筈のドアが勝手に開けられて隣の席のクラスメイト……レティーシアさんが枕を持って上がり込んで来たよ！　こんばんは！　鍵どうやって開けたの？　やっぱり貴族の人って庶民のプライバシーとか無視できちゃう感じ？

「レティーシアさんってさ、もしかしてこの部屋の鍵とか持ってたりする？」

「レティーシアでいいわ」

「この部屋の鍵とか持ってたりする？」

「レティーシアで構わないわ」

「うん、じゃあそうさせてもらおうかな」

名前を呼び捨てにしてもいいんだってさ！　打ち解けたみたいで嬉しいね！　全然話聞く気ないじゃん。

相手の意見を無視して自分の主張だけを押し通せるなんて、貴族の交渉術はとっても万能そうで羨ましいね！　もう僕の中ではイキり……ジェイド君を通り越して彼女が一番の要注意人物になっちゃったよ！　見た目はどこかの国のお姫様みたいに綺麗なのにどうして……？

「……それで？　こんな時間に何か用？」

「怖くて眠れないわ。というか、寝たらもう二度と目覚めなそうだわ。貴方も分かっているでしょうけど、明日はとても大切な日なのよ。寝不足になる訳にはいかないの。なんとかして頂戴」

「ええ……」

レティーシアさん……レティーシアがなんだか小さな女の子みたいな事を言い出したよ！　クールな印象の美人が精神的に弱っている様子には意外性があるね！

……いや、君もう法的には成人してるよね？　ホラーが苦手なのは分かったけど、もう少し大人になった方が良いんじゃないかな？

「ハッピーの姿を見て驚いちゃったんだよね？　ちょっとした幻覚を見たかも知れないけど、呪いみたいな効果は一切ないから寝ても大丈夫だよ」

「体の震えが止まらないの。目を閉じたらすぐに悪い何かが心の底からやってきて、私を取り込もうとするのよ。家の治癒師や呪術師に診させたけど原因は分からなかったわ」

「まぁ、本当に何もないからね」

ハッピーは潔白だよ！　あの痛々しく見える肉質は生まれ持ったものだし、そこに埋め込まれている人達だって別に彼女が食べた人間って訳じゃないんだ！　全員合わせて一つの存在らしいよ！　肉腫に埋まってる人達にそれぞれ話を聞いた事もあるんだけど、悪戯（いたずら）好きでお茶目な人が多かった印象だね！

「でもほら……見て。もう手の震えが止まってる。ヘレシーの姿を見て、声を聞いて、匂いに包まれて……私の全身が安心しているの。あの時、貴方が手を引いてくれたから。私を救ってくれたから……」

「え、なんか怖。……あのさ、君が眠れなくなってる原因ってハッピーなんでしょ？　彼女を召喚した張本人の僕と一緒にいて落ち着くのっておかしくない？　救ったって言われても、それじゃ僕の自作自演だよ」

「私だって頭ではそう思っているわよ。こんなの刷り込みや洗脳に近い状態だって。でも体が貴方を求めているのだから仕方がないじゃない。いいから早くこの疼（うず）きを慰めて頂戴」

「言いたい事は分かったけど言葉選びが最悪だよね」

　どうやらレティーシアはハッピーを怖がり過ぎて少しおかしくなってるみたいだね！

　故郷では前の村長さんやパン屋のお爺（じい）さんみたいな外から来た人がよくこんな風になっていたんだけど、彼らとレティーシアの共通点を考えてみると都会育ちの人は全員ホラーが苦手っていう説が提唱できそうだね！　王都でハッピーを呼ぶ時には気を付けよう！

「でもさ、男と同室で寝るのは貴族として不味いんじゃないの？　僕もあまり詳しくはないけど、実際には何もしてなくても誰かと一緒に夜を過ごしたっていう事実だけで結婚する時に不利になったりするんでしょ？」

「影武者も用意できないような小さな家と同じにしないで頂戴。家が用意した者の他にも、私と腹心だけが知っている者もいるわ。ここまでは専属の魔導師を連れて認識阻害の魔法を使って来ているし、心配は無用よ」

「前準備が本気過ぎて怖いなぁ」

どうやら諸々に気を付けながらここに来たみたいだけど、それだけの危険性を認識した上で実行に移してるのが余計にヤバいよね。どこかで問題を起こす前に、学園生活の中で彼女の性格が丸くなるよう祈っておくよ！

「うーん……あ、ほら、僕も男なんだし、女の子が一人じゃ危ないよ。怖いのは分かったけどさ、もう少し冷静になるべきじゃないかな」

「貴方はそんな事しないし、何かされたとしてもそれは恐怖から私を守ってくれる代償として受け入れるべきだわ。というか私、このまま廊下に放り出されたら怖くて大泣きするわよ。いいから黙ってベッドで横になっていなさい。貴方は動かなくていいから」

「ごめん、ほんと言葉選びなんとかしてもらっていい？」

連れて来た魔導師とやらに盗聴でもされていたら僕の人生が終わるような台詞ばかりを吐いたレティーシアは、僕と押し問答をしつつも上着を脱いで勝手にベッドに潜り込んでいったよ！　勝手に！　自由でいいね。

「うん……思った通りだわ。後は貴方が一緒に寝るだけで完璧よ。早く入って来て頂戴」

「何が完璧なのかは知らないけど、せめて自分が持ってきた枕を使いなよ。はい」

「…………すぅ……すぅ……」

「……」

光を失った目で謎の要求をしていたレティーシアだったけど、僕が枕を交換しようとするとそれを拒否するように頭から布団を被って直後に寝息を立て始めたよ！　ええ……？

これまでの言動から考えると、これは彼女の寝付きが良いっていうよりはギリギリの状態で保っていた緊張の糸が切れちゃったって感じかな？　お茶の時間を邪魔された文句の一つくらい言おうかと思ってたけど、目元に泣き跡を作りながら部屋に来てようやく眠った女の子を叩き起こすのは流石に可哀想だからそっとしておく事にするよ！　僕だって困っているクラスメイトに手を差し伸べるくらいの良識はあるからね！　根本的に悪いのは最初に喧嘩を売ってきた向こう側だけどね！

状況を受け入れた僕はレティーシアを簀巻(すま)きにしつつベッドの端まで押し転がして、彼女が持ってきた枕を使って隣で横になったよ！

明日は学園でのパートナーを召喚する日！　ハッピー以外を召喚するなんて初めてだし万全の状態で臨まないとね！　町で一緒に歩けるような召喚獣と契約できるといいなあ！

『**遘√謫諷九繧後諷豁繧芽縺代∪縺吶¢縺?**（私も擬態すれば二足で歩けますけど……？）』

君は人型になったとしても顔が多かったり形が崩れたりするから目立つんだよね……。

まぁ見っててよ！　今までは畑仕事から料理までハッピーに頼り切りだったけど、明日からは仲間が増えるからさ！　召喚師の資格が無くても授業で二体目が召喚できるなんて太っ腹だよね！

可愛(かわい)い小動物が出てきてくれた時のために、明日は小ぶりな木の実でも買ってから教室に行こうかな！　肩に乗せた召喚獣にご飯をあげるのとか憧れるよね！

4　普通のビジュアル

「それでは只今より召喚の儀を行う。一人ずつ中央にある魔法陣の前に立ち、己の力のみで召喚を行うのだ。呼び出した召喚獣は各々が保有する戦力として正式に登録され、以後の授業では主にそちらを使用していく事になる。つまり、今から行う召喚が卒業時の成績を大きく左右すると言っても過言ではない。全員、現時点の全力を以て取り組むように。また、既に契約している召喚獣との不仲や衝突は減点の対象となるので調伏や調教は十分行うようにする事。この内容については今後の授業でも取り扱っていく」

やあ、僕の名前はヘレシー！

小さい頃に呼び出した召喚獣のおかげで召喚師としての素質を認められた僕は、昨日からあの有名なメイユール王立召喚師学園に入学する事になったんだ！

今日は学園でのパートナーを召喚する日！　召喚から契約、訓練や信頼関係の構築まで召喚師として必要な能力の全てを試されながら長期的に成績を付けられていく訳だね！

「それと、先程も話したが今日は姫殿下が見学に来られている。臨時講師のサヴァンが付き添いをしてくれているが、万が一にも危険が及ばないよう注意して召喚を行うように」

「姫殿下……いつ見てもお美しい……」

「入学されるのは来年か。主席は確実だろうな」

「サヴァン先生っていうと、あの実力者として有名な……？」

「若い召喚師の有望株だ。実力派かつ、召喚獣についての知識も抜きん出ているらしい」

「これは下手な姿は見せられないな……！」

どうやら召喚の儀式は当事者以外も関心のある行事みたいで、今日はなんとお姫様が見学に来ているよ！　付き添いの先生もかなり有名で実力のある人みたい！　入学してから高名な人とばかり出会ってるから段々と感覚が麻痺してきたね！

流石のクラスメイト達も見学者が大物過ぎて緊張している様子だけど、正直僕は何の心配もせずリラックスしているよ！　これは別に召喚を成功させる自信があるっていう訳じゃなくて、学園での成績にあまり興味がないからだね！

貴族の間では卒業時の最終成績が社交界でのステータスになったりするみたいだけど、僕は卒業したら故郷に帰る訳だし召喚師の資格さえ貰えれば成績なんてどうでもいいよ！

「他の者の見本になるように、入学試験の成績が上位の者から召喚を行う事とする。グレード家のせがれは体調不良で休みだったな。では順番通りレティーシア様、お願いできますか」

「ええ、分かったわ」

何故か先生に敬語で呼ばれたレティーシアが召喚場の中央へと歩いていくよ！

話変わるんだけどさ、今朝起きたら布団と枕が無かったんだけど絶対に君が犯人だよね？　召喚前で集中してるだろうから何も言わなかったけど、就寝前には返してね！

「……」

隣に立っていたレティーシアが離れると途端に一人になっちゃったよ！　暇そうな生徒に話し掛けようと近付いても何故か目を逸らしながら距離を取られるんだよね！

どうやら昨日決闘するっていう話になってたジェイド君が今日は休んでいるから、貴族に手を上げたヤバい奴だと思われてるみたい！　もらい事故で僕だけ悪者になっちゃったよ！　アハハ！

「『世界を創りし万物よ。星を司る森羅万象よ。系統樹を紡ぎし者達よ。我が声を聞き、威光を知れ。そして応えよ』――召喚」

精神集中もそこそこに、早速レティーシアがフワッとした内容の堅苦しい口上で召喚を始めたよ！　こうして人が召喚している様子を見ていると、これからどんな召喚獣と出会ってどんな物語を作っていくんだろうってワクワクするよね！

中央の魔法陣から光が溢れて、そこに現れたのは四つん這いのシルエット！　大きさは中型の犬種くらいかな？　細長くてシュッとしてる形状！

「おお、これは……なんと美しい召喚獣なんだ……！」

「魔力量も凄い……！　流石はレティーシア様っ！」

光が収まると、そこには可愛い狐さんが四肢をついて立っていたよ！　山とかに棲んでるあの狐さんだね！　毛並みが艶やかで、フサフサの尻尾がチャーミングで、やたらと神聖な力を感じるよ！

いいね！　僕もああいう召喚獣を呼んでみたいなぁ！　包容力のあるハッピーとはまた違った小動物的な愛らしさがあるよね！

「コンコン」

「あれは……狼種、なのか……？」

「いや、詳しくは分からないが……あれは狐種だ。古い文献で見た事がある。まさか実際に見られるとは……」

「コンコン」

あの召喚獣、どう見ても狐なんだけど王都では見る機会が無いのか識別できない人もいるみたいだね！　故郷の山では定期的に見掛けるから可愛がっていたよ！　根菜と一緒に煮ると結構いけるんだよね！

　でもレティーシアが呼び出したあの狐さん、確かに見た目は狐なんだけど……鳴き声が変じゃない？　狐ってあんなに取って付けたようにコンコンとか言わなくない？

「コンコン」

「本当に綺麗……ずっと見ていたくなる……」

「素晴らしい！　レティーシア様に相応しい召喚獣だわ！」

「お、俺も頑張るぞ……！」

「コンコン」

　みんなは狐さんの鳴き声よりも外見や佇まいの方が気になってるみたい！　確かに僕もあの神聖な雰囲気には超自然的な何かを感じるけど……やっぱり鳴き声おかしくない？

「召喚に応じてくれてありがとう。私はレティーシア・クレセリゼ。どうか私と契約を交わしてもらえないかしら」

「コンコン」

「ええ、私も貴女を召喚した者として恥じない行動を約束するわ」

「コンコン」

「思考や言動に制限はかけないから、何かあれば気軽に言って頂戴」

「コンコン」

「ありがとう。これからよろしくお願いするわ」

コンコンの一本槍でゴリ押すつもりの狐さんとレティーシアはどうやら無事に契約できたみたいだね！　おめでとう！　担任の先生も興奮した様子でメモをとっているよ！

そのまましばらく狐さんと話していたレティーシアだったけど、話が一段落したのかこっちに向かって歩いてきたね！　注目を集めてるタイミングで近寄って来られると僕まで目立っちゃうからやめてほしいな！

「ヘレシー、紹介するわ。私と契約してくれた魔狐のコン子よ」

「コンコン」

「あぁ、なるほど。そんな名前だからコンコン言ってるんだね」

「……コンコン」

「僕はヘレシー。レティーシアの……なんだろう……隣の席の生徒だよ。よろしくね」

どうやら元から名前を持ってるタイプの召喚獣みたい！　いかにも格が高そうなひとだけど、そんな相手に認められたレティーシアも人間として格が高いんだろうね！　まぁ貴族って元々はそういう基準で選ばれたらしいから当然なんだけど！

雰囲気だけはクールなレティーシアと、毛並みと立ち振る舞いが美しいコン子さんはお似合いのパートナーになりそう！　ふたりの門出を応援するよ！　布団と枕は返してね！

「では次、アレミナ家のレイチェル」

「わかりましたわ」

レティーシアが素晴らしい結果を出した事に良い影響を受けたのか、以降の生徒達もどんどん召喚を成功させていったよ！

スノーウルフ、グレーターホーク、アサシンラビット……何かしら箔のついた召喚獣ばかりが召喚されるのを見ていると、やっぱりお貴族サマって凄いんだなぁと思うよね！

最後の方は貴族としては位の低い人が召喚していたようだけど、それでもみんな良い結果を出していたよ！　優秀な召喚獣の見本市みたいになった召喚場を見渡して目を輝かせているお姫様と、興味を失ったように息を吐く付き添いの先生との対比が面白いね！

「うむ、全員素晴らしい結果だった。ではこれで召喚の儀を終了……いや、まだいたか。シアワセ村のヘレシー」

「はい」

最後は僕の番だよ！　なんか先生から忘れられてたっぽいのはいいとして、順番が最後なのは寒村の出の上に筆記試験の順位まで最下位だったからだね！　一応村の書庫にあった本で勉強はしたんだけど、数が少ない上に内容が偏り過ぎてて全く役に立たなかったよ！　武器屋のお爺ちゃんの自伝とか書庫に保管しておく意味ある？

『蜈???ｨｮ鬘槭′蜈壹¥縺ｪ縺九▲縺溘?縺ｫ縲∝燕縺ｮ譚鷹聞縺輔ｓ縺梧焚蟷ｴ蛻阪↓濶ｲ縲?→謖√■蜃ｺ縺励■繧?＞縺ｾ縺励◆繧ゅｓ縺ｭ縲（元々種類が多くなかったのに、前の村長さんが数年前に色々と持ち出しちゃいましたもんね。あの生皮に書かれた本とか……）』

あー、あの持ってるだけで罪になりそうな召喚本ね。古い手法だから効率悪いし不安定だって自称門番のお婆さんが小馬鹿にしてたやつ。文字通り吊るし上げられた前の村長さんが売り払ったって言ってたけど、今はどこにあるんだろうね？

「突発的に素質が開花した者はどうしても格が低く苦労する事も多い。しかし心配するな。他の者達が出した結果に物怖じせず、自分なりの全力で取り組めば良い」

「分かりました」

先生が僕に気を遣ってくれているよ！　天才集団に紛れ込んだ凡人を見るような目をしているけど、全くその通りだからその観察眼は確かだと言えるね！

僕は召喚する時に魔法陣は使わないんだけど、一応クラスメイト達と距離を取るために中央に移動しておく事にするよ！　もし大型の召喚獣が出てきたら潰しちゃうからね！

「すみませーん、誰か聞こえますかー」

遠くの誰かに声を通すような感覚で呼び掛けてみるよ！　王都では魔法陣と文言で相手

の性質を絞る方法が主流みたいだけど、僕は大雑把に声を掛けるこの方法しかできないから仕方ないね！　でも実際にこのやり方でハッピーと出会えた訳だし個人的には悪くないやり方だと思っているよ！　こっちから一方的に呼び出すんじゃなくて、互いに引かれ合うみたいなところが運命的に感じない？

　そんな事を考えながら待っていると、見上げるような高さに黒く歪(ゆが)んだ空間の裂け目が現れたよ！　嫌な予感がするね！

『螢ｰ縲８ｱ翫＞縺（声。届いた）』

　あっ、これはあれだね、ハッピーの知り合いか親族か分からないひと達の気配だね！

『蜈?ｰ暦ｼ（元気？）』

　久しぶり！　タイミング悪いから帰ってほしいな！

　呼び出しに応えてくれたのはすごく嬉(うれ)しいんだけど、ここにふたりが出てきちゃうと割と大きめの問題になりそうなんだよね！　人間側の都合でごめんね！

　畑仕事の手はいくらあっても足りないから、卒業して召喚師の資格を取ったら改めてお願いしようかな！　今度手土産でも持って挨拶に伺うね！　僕もハッピーも元気だよ！

『縺ｾ縺溷他繧薙〒（また呼んで）』

　約束を取り付けつつ意思を伝えると、ハッピーの知り合いか親族か分からないひと達は顕現しないまま元の場所に戻っていったよ！　こっちが急に声を掛けたのに文句も言わず都合を合わせてくれる大人なところに性格の良さが滲み出てるよね！　ああいうひと達が側にいたからハッピーも優しい子に育ったんだと思うよ！

なんだか今の今まで退屈そうだった付き添いの先生がこっちを見て狼狽しているのが気になるけど、見なかった事にして召喚を続けよう！

「えっと、じゃあ言い方を変えて……すみませーん、誰か僕を知らないひと、聞こえますかー？」

今みたいに知り合いが来ると授業の趣旨とズレちゃうから、面識の無い誰かに向けた言葉にしてみたよ！　ハッピー達とは出所が異なる相手に伝わるように、なんとなく低い場所に語りかける感覚で！

「……お」

今度はちゃんと知らない誰かが来てくれたみたい！　さっき出てきた空間の裂け目と同じ位置に液状の黒い渦が現れて、そこから吐き出されるようにして家屋くらい大きな触手の塊が落ちてきたよ！　こんにちは！

大量の触手が着地の衝撃で建物を揺らしながら積み重なって、黒紫色の小さな丘みたいになっているね！　太くて柔らかそうな肉の管がヌルヌルと蠢いてる様子は迫力あるよ！

「えっ、えっ⁉　早……！」

あ、なんか中心部から声が聞こえる！　現状どんな生き物なのかは全く分からないけど、少なくとも声帯はありそうな感じかな？　召喚獣と外でお話なんてできたら素敵だよね！

「な……なんなんだよ、あれ……！」

「召喚、獣……？　いや、呪術の類いか……⁉」

「ま、魔獣だ……！　バケモノだッ！」

どうやらクラスメイト達も突然降ってきた巨大な塊に興味津々みたい！　遠くの方でみんな賑やかに観覧しているよ！

「あれは……誤魔化したつもり……ならせめてもう少し……」

付き添いの先生が難しい顔でブツブツ言ってるのは一旦置いておく事にして、もう一度呼び出した召喚獣の方に向き直ると、さっきまであった巨大な触手の山が物置小屋くらいのサイズまで小さくなってたよ！

「あのっ、違うんですっ！　これ、隠せばもっと少なくなって……！」

減った触手の中から現れたのは、しっとりと濡れた紫の髪が艶やかな可愛い人間の女の子……じゃないね。しっかり下半身から触手が生えてるね。多分あの子が召喚獣としての本体だね。

触手を頑張って根元に収納したり背中に隠そうとしているのを見るに、あの触手はかなりの本数を同時に動かせるのかな？　もしそうなら畑仕事で大活躍しそう！

そして何より……ビジュアルが普通！　クラスメイト達が気絶したり発狂したりしてない！　これは大きい！

「やったー！」

「!?」

あまりにも理想的な召喚獣との出会いに歓喜して小躍りしながら近付くと、彼女はびくりと身を退いて触手で本体を高く持ち上げちゃったよ！　ごめんごめん！　驚かせるつもりはなかったんだけどつい感情が溢れちゃった！

彼女の足（？）に触って良いのか分からず触手の周りで小躍りを続けていると、恐る恐るといった感じで彼女の本体が下りてきてくれたよ！

「僕の名前はヘレシー！　召喚したのは僕だよ！　急に声を掛けちゃってごめんね！」

「あ……はい……」

しかも手を差し出したら握手までしてくれたよ！　便利そうな触手に加えて柔軟な社交性まで持ち合わせているなんて、外見だけでなく内面まで美人さんだね！

さあ、ここから契約してもらえるように頑張ってお願いしよう！

5　心服：Hydra

『あ、悪魔……っ⁉　悪魔が出たぞっ！』

『ひっ……⁉　なに、これ……気持ち悪い……ッ、こっちに来ないで……！』

「違う……」

『召喚獣を出せ！　魔導師は攻撃準備！　数で制圧しろ！』

『触手の怪物が逃げたぞ！　探せ！　悪魔の手先を討伐するのだ！』

「違う……私、は……」

深海。暗闇。

ふとした瞬間に襲ってくる過去の記憶から逃げるように耳を塞ぎ、触手で全身を覆って縮こまる。

変化は数年前から始まった。近海の生物達とは全く異なる姿へと変わり続けていたこの体はある日ぴたりと成長を止め、私は一つの生き物として完成した。

そして、その頃から時折声が聞こえてくるようになった。

『誰か、私の声に応えて——召喚』

『我こそはと名乗りを上げる強き者よ、俺の元に来い——召喚』

『可愛い子が来てくれたら嬉しいな——召喚』

　そうした声が聞こえる時、決まって目の前には光る円陣が現れた。どこか遠い場所と繋がっているような予感がする、淡く光る魔法でできた陣が。

　声の内容は私個人を呼んだものではないものの、どこかで誰かが困っている事だけは分かる。そんな不思議な感覚。

「これに触れば……私にも、仲間ができるのかな……」

　近海を探し回っても、自分と同じ姿の生き物は見つからなかった。魚達が私に怯えて逃げていく中、私はひとりぼっちだった。

　この呼び声に応じれば、少なくとも意思疎通できる誰かがいる場所に行けば、私にも仲間ができるのではないか。そう思った。

　そしてある時、私は魔法の円陣に触れた。勇気を出して、或いは孤独から逃げるようにして。少しの時間が経ってから体が転移した先は——地上だった。

　そこで行われていたのは『召喚獣』と呼ばれる存在を招く儀式。私に声を掛けていたのは人間という生き物で、その人は私の姿を見るとすぐに悲鳴を上げて逃げていった。次の瞬間には大勢の人間がやってきて、私を様々な方法で攻撃した。水を喚び出して元の場所に戻ろうにも、不思議な力で阻害された。

そこから先は記憶にない。命からがら海に辿り着き、傷だらけになった自分の体を庇いながら泣いていた事だけは覚えている。

悲しかった。拒絶された事が。陸の生物にとって、自分の姿が異質で悍ましいものであったという事実が。

それから暫くは召喚の声も魔法の陣も無視しながら深海で過ごした。でも、何もない暗闇の中で孤独には勝てなかった。思えば、この大きく強く変化した体は召喚される事を本能的に求めていたのかも知れない。

人間達が何度も口にしていた『召喚獣』という言葉。今の自分がそうした存在なのだとすれば、どうして私はこんなにも醜い姿になってしまったのだろうか。それとも、こんな姿でも受け入れてくれる誰かがいるのだろうか。私を一個体として見て、分け隔てなく接してくれるような誰かが。

そんないるかも分からない相手を求め、私はその後も魔法陣に触れた。何度も呼びかけに応じ、転送された先々で悲鳴を上げられ、罵倒され、刃を向けられた。

人間の幼体にも、成体にも。優しく私を呼んでくれた相手にも拒絶され、少しずつ自分が醜いだけでなく恐ろしい怪物になってしまったのだと理解していった。

『すみませーん、誰か聞こえますかー』

もう誰かを恐がらせるのはやめよう。次で終わりにしよう。

遠くの海まで移動し、自ら死に至る方法を考えながら海中を揺蕩っていた私に、再び声が降ってきた。優しい声。心惹かれる声。

とても温かな、これまでにない何かを感じた。この人に拒絶されたのなら、一切の悔いなく全てを諦められると思った。最後にして最大の希望を得られた事に、私は心から感謝した。

「え、えっと……魔法陣っ！　早く魔法陣に触れないと……あっ」

それまで通りなら魔法陣が近くに現れている筈だった。しかし淡く光る輪を探して周囲に目を向けても想像していたものを見つける事はできなかった。

焦っている間にも、声の主と繋がっているという感覚が薄れていく。きっと他の誰かがその呼びかけに応じ、召喚が成されてしまったのだろう。

「そんな……」

生涯一度きりとも言える機会を逃し、自分の代わりに誰かがそれを掴んでしまった。

頭の中が真っ白になる。どうしたらいいのかが分からない。温もりの残滓を探して周囲に触手を伸ばしても、海の冷たさばかりが体に伝う。

あれは夢だったのか。都合の良い幻想だったのだろうか。

たとえ妄想の中の出来事だったとしても、あの心を溶かす温もりは甘い毒となって近く自分を殺すだろう。一度得てしまった甘美な経験は、今までの全てを色褪せさせるには十分な劇物だった。

「……寒い」

冷たく感じない筈の水が冷たい。もう孤独には生きられない。しかし、今の声をもう一度聞く事も叶わない。

「声だけでも、もう一度聞きたかったな……」

全てを諦め、仰向けに全身を伸ばして目を閉じる。

ぽつりと呟いた想いは、深い海の底で誰にも聞き入れられる事なく泡となって消えていった。

『すみませーん、誰か僕を知らないひと、聞こえますかー？』

「へ……？」

聞こえた。もう一度声が聞こえた。何故。どうして。

既に召喚は成された筈。まさか契約に失敗したのだろうか。この声の主が？　とてもではないが信じられない。

私なら、どんな条件を出されたとしても絶対にそれを拒否なんてしない。先に呼び出された召喚獣には、その覚悟が足りていなかったに違いない。自分の全てを擲ってでも、相手に受け入れてもらおうという覚悟が。

「ま、魔法陣っ！　魔法陣はどこに……あれは……？」

見つけたのは空間の歪み。光の届かない暗闇の中で、更にもう一段暗くなっている闇の門。視覚に頼らず、温もりを追っていたからこそ気付けた小さな繋がり。

全力で近付いてそれに触れると、遠くのどこかと繋がったという既知の感覚が身を包んだ。今までの召喚と同じであれば、少しの待機時間を挟んでから転送が始まる筈だ。

「や、やった……！」

期待と喜び、そして緊張。

身だしなみは大丈夫だろうか。前髪を揃え、数少ない衣服である窮屈な胸当てを手で伸ばし、水を弾く魔法と乾燥の魔法を使って地上への転移に備える。

最も人間に忌避されるのはこの触手だ。大きなものを収納して本数を減らし、できるだけ短く細いものだけを外に出すようにして、少しでも第一印象を良くする必要がある。まずは長い触手から順番に隠して――。

「え……？」

瞬間、視界が切り替わり、強い光が目を眩ませた。反射的に触手で目を覆った間に全身が硬く乾いた床に叩き付けられ、既に自分が地上に出てしまった事に気付く。

「えっ、えっ⁉　早……！」

まずい。まずい。多くの触手が出た状態で召喚されてしまった。

青ざめながら必死に触手を収納していくと、私を召喚したと思しき少年が背中を向けているのが見えた。偶然こちらを見ていなかったのか、それともこの醜い姿に耐えきれず目を逸らしてしまったのだろうか。

「あのっ、違うんですっ！　これ、隠せばもっと少なくなって……！」

焦って挨拶よりも先に言い訳をするという醜態を晒しつつ、どうにか触手の本数を減らして残りを背中に隠す。もう笑うしかない。

こちらに向き直った少年が無言で私を観察する。たった一度の呼吸が何倍にも長く感じられる、裁きを待つような心境。やがて少年は口を開き――。

「やったー！」

「⁉」

初めて見る人間の反応。一切の嫌悪や悪意を感じない明るく穏和な表情。今まで私の姿を見て、こんな目を向けてくれた相手はただの一人もいなかった。初めての経験に体が驚くその内で、心が喜びで満ち溢れていく。

近付いてきた少年が私の触手に阻まれて動きを止めてしまった。いけない、目線を合わせないと失礼だ。

「僕の名前はヘレシー！　召喚したのは僕だよ！　急に声を掛けちゃってごめんね！」

「あ……はい……」

手を差し出され、それを咄嗟に握る――温かい。

体が温まり、心が熱く焦がれていく。彼の体温が私に移ってくると同時に、色褪せていた私の世界が鮮やかに塗り替えられていく。とても言葉では言い表せない心地のよい感覚。

この繋がりが二度と切れてしまわないよう、私は彼の手をしっかりと両手で包み込んだ。

6　瞬間契約

「私、ハイドラっていいます！　ハイドラって呼んで下さい！　よろしくお願いします！」

「あ、うん。よろしくね」

「やる気あります！　何でもやります！　契約お願いします！」

「そっちから言ってくるパターンもあるんだ」

やあ、僕の名前はヘレシー！

小さい頃に呼び出した召喚獣のおかげで召喚師としての素質を認められた僕は、昨日からあの有名なメイユール王立召喚師学園に入学する事になったんだ！

今はついさっき呼び出した召喚獣とお話ししているところ！　自分の事を知ってもらったり、召喚師としての優秀さを示したり、召喚直後のコミュニケーションは契約してもらうためにとっても大切なものなんだ！　今回はもう契約できちゃったけどね！

こういうお互いの今後を左右するような事柄って普通はもっとしっかり話し合って決め

るべきだと思うんだけど、僕はただの口約束しかできないから魔法的な強制力がないぶん気楽でいいね！　ハッピーもそうだけど、信頼以外にお互いを繋ぐものなんてないよ！

ちなみにクラスメイト達は召喚場の入り口側に集まっていて、お姫様はレティーシアと何か話し込んでいるみたい！　付き添いの先生は僕の方を見ながら小さく口を動かして……全然聞こえないんだけどもしかして何か話し掛けてきてたりする？

「――という訳で陸上で呼吸もできますし、魔法で床を濡らさずに移動もできます。いつでも好きな時に呼んでいただけると嬉しいです！」

「おー、すごいね」

挨拶の後に彼女の事についていくつか質問してみたところ、なんと彼女は海の生き物なんだってさ！　瑞々しい触手とか人間の基準では露出多めに見える服装とか、まさに涼しげで海が似合うよね！　魔法が使えるっていうのも僕とハッピーが苦手な分野だから助かるよ！　あと僕より二歳くらい年上みたい！

でも呼び出されて嬉しいっていうのは人間からするとちょっと不思議な感覚だよね！　召喚獣には召喚獣の価値観があるって事なんだろうけど、いつ呼ばれるか分からない状態で生活するのって結構大変だと思うんだけど……。

『縺?∴縲√?繝ｫ繧ｷ繝ｼ縺輔ｓ縺ｫ蜻ｼ繧薙〒繧ゅi縺医k縺ｮ縲√☆縺斐¥螫峨@縺?ｓ

縺ｱ縺呵ｨ　ｭｸｫ　縺ｲｊ繧?☆縺剰ｲ?縺医?籠ｸ籠ｸ閾ｪ蛻??豺ｱ豸ｭ↓繧ゅ≦荳?縺（いえ、ヘレシーさんに呼んでもらえるの、すごく嬉しいんです。分かりやすく言えば……自分の淵源にもう一つ次元が創造されていくような感覚でしょうか）』

あ、うん……よく分かったよ！　ありがとう！

「そうそう、他にも契約してもらってる召喚獣がいるんだけど、ここでは呼び出せないからまた今度紹介するね」

「あ、先輩がいらっしゃるんですね。……どのような方か伺っても……？」

「もちろん。僕の召喚獣――ハッピーっていうんだけど、優しくて思い遣りのある女の子だよ。年齢は僕より下って事でいいのかな？　家事も畑仕事も得意でしっかり者なんだけど、たまに抜けてたり、本人は隠してるつもりだけどまだまだ遊び盛りだったりするのが可愛いんだよね。あと体が柔らかくて、出会った頃は今より小柄だったのもあってよく一緒のベッドで寝てたなぁ。故郷でも大人達から可愛がられてたし、君もすぐに仲良くなれると思うよ。今も近くにいるからなんとなく本人のイメージが伝わってたりするんじゃないかな」

「なるほど……すごく可愛らしい方なんですね！　私、ヘレシーさんのご家族に認めていただけるように頑張ります！」

「本当にいい子だからそんなに気負わなくても大丈夫だよ。なんなら僕は妹みたいに思ってるし」

『螯ヶ譽ア縺？&縺後※縺溪？（妹扱いされてた……⁉）』

まぁハッピーとは小さい頃からの付き合いだから、間柄に関しては言ったもの勝ちみたいなところがあるんだけどね！　出会った直後の記憶とか曖昧だし！

というかハイドラ、さっきから話の受け答えが仕事の面接に来た人みたいになってるんだけどもしかして緊張してる？　別に召喚師と召喚獣って主従関係じゃないんだけど……。

「あと聞いちゃマズい事だったら言ってほしいんだけど、その触手……足？　って僕が触ったりしても大丈夫なやつ？」

「触手ですね！　全然大丈夫なやつです！　どうぞ！」

「じゃあちょっとだけ……おー」

にゅっと伸びてきたハイドラの触手を下から支えるようにして持ってみると、これはなんというか……面白いね！

クニュクニュと柔らかくて滑らかだけど、ずっしりとした質量も感じられる不思議な触り心地！　一本だけで人間を圧倒できる力強さでありながら、全身を投げ出して預けたくなる安心感があるよ！

触ってる間ハイドラが小声でずっと感謝の言葉を繰り返してるのが気になったけど、接触を許してもらえる程度には打ち解けられたみたいで嬉しいね！

そうして一連の円滑なコミュニケーションに満足していると、深呼吸で息を整えたハイドラが意を決した面持ちで身を寄せてきたよ！　表情がコロコロと変わって可愛いね！

「あのっ……もう一つ質問してもいいでしょうか……！」

「ん？　もちろん。なんでも聞いてよ。無視しないと面倒な貴族とか、勝手に布団を持ち去っちゃう貴族とか教えられるよ！」

「その……ヘレシーさんから見て、私の姿……どう、ですか……？」

「姿……？」

ハイドラの外見は……人間からしたらちょっと服装が大胆なようにも見えるけど、それ以外は文句の付けようがないくらい完成したスタイルだと思うな！　その服装だって文化の違いだろうし、人間の視点から言うことは何もないよ！

「この触手……どう思いますか？　冷静になって、落ち着いて考えて、気味が悪くありませんか？」

「？　第一印象を取り払って、ってこと？」

「醜く、ありませんか？　嫌じゃ、ありませんか……？」

「……」

……。

？？？？？？？？？？？

ちゃんと床に接地してるし、ある程度決まった位置から生えてるし、肉腫にも覆われてないし、血も溢れ出てないし、動いても粘肉が飛び散ったりしないのに？

陸棲(りくせい)生物との価値観の違いを気にしての質問なんだろうけど、触手を含めた全体像で比べても擬態したハッピーより遥(はる)かに人間に近い形状だよね。

確認のためにもう一度ハイドラの触手を撫(な)でてみたけど……うん、剝(む)き身(み)の筋肉が手に吸い付いてこない分、ハッピーより撫でやすいかな！

「ツルツルしていて見た目にも綺麗(きれい)だし、感触も柔らかくて気持ちいいと思うよ。君がいてくれたら枕と布団が返ってこなくても大丈夫かもね」

「ッ……！　ほ、本当に……!?」

「うん。何をするにしても器用に人一倍できそうだし、その上こんなに可愛いんだから契約してもらえて本当に良かったと思うよ」

「か、かわ……!?」

お肌も白くてスベスベだよね！　水棲(すいせい)生物の食性が美容に良いのかな？　人間にも取り

入れれば商売として一儲けできるかも！

「ガアッ！　ギャアッ！」

「だ、駄目っ！　やめてっ！」

「ん……？」

海産物を主軸とした新しいビジネスを模索していると、一人のクラスメイトと召喚獣の鳥さんが何やら揉めている声が聞こえてきたよ！　鳥さんがこっちを見て鳴きながら羽ばたいているのを契約者の女の子が止めようとしているみたいだね！　まさかとは思うんだけど、鳥さんが羽ばたいてるのって攻撃の予備動作だったりしない？

「ギギッ、ギッ……ガアァ！」

あ、やっぱりそうだね。視認の難しい衝撃波みたいなものがハイドラに向かって飛んできたね。これ大丈夫なのかな？　ハイドラもそうだけど、契約者の女の子の立場とか色々。

「ハイドラ、あれって防げそう？」

「かわ……かわ……」

あっ、かわかわしてる！　可愛いね！

ちょっとハイドラが忙しそうだから、ここはハッピーに処理をお願いしていいかな？

王都の人ってホラーが苦手みたいだから、できるだけ目立たない方法でお願い！

『逶ｮ遶九◆縺ｪ縺？婿豕補？ｦ窶ｦ縺薙≧（目立たない方法……こうですかね？）』

「は……？　何が……」

「なんだよ……あれ……！」

ハッピーが難しい声を出しながら干渉すると、波打つ不可視の門がハイドラと鳥さんの間に現れたよ！　鳥さんから放たれた衝撃波がその中を潜ると同時に受肉して、産声（うぶごえ）を上げるよりも先に内圧で弾（はじ）けて蒸発して……ごめん、これ目立たない方法で合ってる？

『縺吶∩縺ｾ縺帙ｓ縲∫嶌谿ｺ縺ｧ縺阪k縺九→諤昴▲縺溘ｓ縺ｧ縺吶￠縺ｩ窶ｦ窶ｦ蜈･縺｣縺ｦ縺阪◆蜉帙′諤昴▲縺溘h繧（すみません、相殺（そうさい）できるかと思ったんですけど……入ってきた力が思ったより小さくて上書きしちゃったみたいです）』

あー分かるかも。僕も昨日戦ったジェイド君の召喚獣がすごく強かったから、あれが基準なんだと思って身構えちゃってたもんね！　大丈夫大丈夫！　結果的に誰も怪我（けが）しなかったんだから何も気にする事はないよ！　ありがとう！

「今のは……防御魔法なのか……？　なんて悍（おぞ）ましい……」

「あの庶民、怪しい教団の関係者なんじゃ……」

「早く衛兵に通報を……」

遠くの方でクラスメイト達が若干ざわついてるけど、今のは完全にこっちが被害者だし、それよりも王族の前で召喚獣が許可無く攻撃した事の方がヤバくない？　後であの女の子の親御さんが呼び出されたりしないか心配だよ！

「ッ……素晴らしいっ！」

「サヴァン先生……？」

脳内で自分達の行いを正当化していると、クラスメイト達の話を遮るようにして付き添いの先生が声を張り上げたよ！　なんだか目が泳いでるように見えるけど、何か都合の悪い事でもあったのかな？

「今の現象は……その……召喚獣による防御術です！　あれは北方大陸の古い書物に記される生物で、湿地帯に棲み今のように特殊な術を用いるとされています！　戦いが不得手で温厚な気質であり、人間と同等の器官を多く持つ珍しくも安全な召喚獣ですよッ！」

「そう、なのですか……？　あの悍ましい怪物が……？」

「さっきの攻防、あの召喚獣が攻撃を防いだようには見えなかったが……」

「見間違いだろう。サヴァン先生ほどの人が言うのなら間違いない」

「その通りだ。俺達もあの知識量に早く追い付かないとな」

おー、すんなり説明が受け入れられてる。昨日の僕は何一つ話を聞いてもらえなかったのに。これが身分格差ってやつなんだろうね。

内容はハイドラ本人が言ってた事と半分くらい食い違ってるんだけど、なんだか都合の良い流れになってるから黙っておこうっと！

「あの庶民も潔白です。後天的に素質を得た者は時折珍しい魔力を持つ事があります。特殊な召喚方法も、古典魔導の観点から見れば何ら不思議なものではありません」

「……フン、やはり庶民は庶民。大した事のない奴だったか」

「たかが庶民の分際で、姫様の前で奇抜な真似をして目立とうなど浅はかな」

「あの気味の悪い召喚獣も見掛け倒しのようだな。戦闘で役に立たない召喚獣に存在意義などない」

よく分からないけど納得されたみたい！　黙っているだけで全ての問題が解決するなんて、きっと昨日も沈黙が正解だったんだろうね！

「ハイドラ、もし貴族の人に絡まれて困ったら何も答えず僕に相談してね。信じられないだろうけど、昨日は挨拶に応じただけで布団が取られちゃって……ハイドラ？」

「かわ……かわ……」

あっ、まだかわかわしてる！　可愛いね！

7　コン子さんスイッチ【え】

やあ、僕の名前はヘレシー！

小さい頃に呼び出した召喚獣のおかげで召喚師としての素質を認められた僕は、昨日からあの有名なメイユール王立召喚師学園（おうりつしょうかんしがくえん）に入学する事になったんだ！

今は寮の自室で休んでいるよ！　あれからみんなが集まっている所に戻ろうと歩いて行ったら今日の授業はそこで終わりになったんだ！　終礼もせずにその場で解散になるなんて、とても柔軟性に富んだ教育姿勢だと言えるよね！

まぁフリーの召喚獣を呼び出して契約するっていう一連の流れは慣れた人でも相当疲れるみたいだからそういう生徒への配慮なのかな？　何事も健康が第一だもんね！

さっきはハイドラの触手を布団代わりに借りられるかなって思ってたけど、よく考えたら重量的にベッドが壊れちゃいそうだから布団と枕の問題はちゃんと解決しないといけないんだよね！　まだ日も落ちていないし、このお茶を飲み切ったらレティーシアを探しに出かけてみようと思うよ！　多分だけど彼女って貴族として飛び抜けて位が高そうだし、少し歩けば関係者の一人や二人見つかりそうだよね！

——ガチャ。

「ヘレシー、入るわよ」

「あのさぁ」

寝具を奪還するべく思案していると、昨日と同じようにレティーシアが勝手に部屋に入ってきたよ！　足元にはコン子さんもいるね！　こんばんは！　ノックくらいして？

そういえば布団と枕を持って行かれた事に気を取られて、彼女がこの部屋の鍵を何故か解錠できるっていう最大の謎を忘れていたよ！　レティーシアが犯罪に手を染めて合い鍵を手に入れたのか、貴族には庶民の私生活を侵害する正当な権利があるのか……どちらにせよ受け入れ難くはあるんだけど、被害者としては真実が知りたいところだよ！

「……今日はどうしたの？」

「昼間、グレーターホークの攻撃を防いだ力……サヴァンはああ説明していたけれど、あれは貴方が昨日呼び出していた召喚獣の力よね。他の生徒は正しく認識できていなかったようだけれど、直接対峙した事のある私には分かったわ。そしたら考えるよりも先に体が逃げ出そうとして、でも脚が震えて動かなくって……」

「あー」

召喚場ではハッピーは顕現しなかったけど、彼女と一度会ってるレティーシアには気配が感じ取れちゃってその事を抗議しに来たって感じかな？　故郷でも前の村長さんやパン屋のお爺さんが似たような状態になってたなぁ。なんか勝手に思い出して怖がっちゃうんだよね。

でも昼間のあれは鳥さんの攻撃からハイドラを守るための行動だったんだし、文句があるならあの鳥さんを召喚した女の子に言ってほしいな！

「あぁ、思い出すだけで心細くなってしまうわ。だからヘレシー、早くベッドで横になって頂戴」

「早くベッドで横になって頂戴……？」

「昨日の夜の事よ。耐えがたい恐怖で胸が張り裂けそうな時、貴方にそれを慰めてもらうと心の温度差で頭がぐちゃぐちゃになって気持ちがいい事に気付いたの」

「うわ」

「恐怖と安堵の差が大きいほど強い快感が得られるのだと思うわ。ほら、今もこうして話している内に胸の苦しさが昂ぶりに変わっていく」

「コン……」

どうやらレティーシアは怖がり過ぎて混乱しているみたいだね！　契約者の突飛な告白

にコン子さんも引いちゃってる！

前の村長さんもパン屋のお爺さんも流石にここまでひどい事にはなってなかったなぁ。まぁ貴族の人って日頃から外面や体裁を整えたりで気苦労が多そうだし、普段から自分を抑え込んでる反動があったりするのかも？

「理由は分かったでしょう。そういう訳だから早くベッドに——」

「布団がないんだけど」

「——、」

「そもそも布団がないんだけど、どこにあるか知らない？」

「……」

「枕もないんだけど」

「……」

いや、なにその反応？　叱られてる小動物みたいに必死に目を逸らしてるのは可愛いけど、それもう自白してるのと同じだから。

「……あぁ、そうだわ。貴方の寝具の事だけど、どうやら手違いで屋敷に持って帰ってしまっていたようなの。今まですっかり忘れていたけれど思い出したわ。今朝は少し肌寒かったから、それでかしらね。今朝といえば屋敷の中庭にアエニーラの花が咲いているのを見つけたの。小さくても力強く、自分らしくあろうとするその姿に私は心を打たれたわ。こうした発見を日々一つ一つ積み重ねる事で人の精神は成熟していくのだと若輩者ながら今までの人生を振り返って物思いに耽っていたら、小鳥が一羽いるのに気が付いて……」

わぁ！　追い詰められた犯人は口数が増えるっていうけど本当だったんだ！　勉強になるなあ！

円滑に口を動かしながらも絶対に目を合わせようとしないレティーシアの背中を押して部屋の外まで誘導すると、彼女はそのまま大人しく廊下を歩き始めたよ！　振り返った彼女が最後に見せた全てを諦めたような笑顔が絵になるね！

暫く待っていればレティーシアが布団と枕を持って来てくれるだろうから、それまでは部屋で時間を潰しておこうっと！　一時はどうなる事かと思ったけど無事に就寝できそうで良かったね！

「いやぁ、すまないね。私の契約者が迷惑をかけてしまって」

「まぁ、ちゃんと返してくれるならこれ以上何も言うつもりはないよ。多少は僕が原因みたいなところもあるしね。多少は、だけど」

「それでも意外だよ。私を召喚できるような子にあんな一面があるとはね」

「人は見かけによらないって事なのかな。家で親御さんに怒られたりしてないか心配だよ」

「そうだね……あの、これ私から切り出すべきなのかな？　もう少し驚いてほしかったんだけど」

「いや、なんだか随分と気分の良さそうな顔をしていたから、指摘するのも失礼かなって思って」

「可愛い見た目によらず皮肉屋だな……」

レティーシアを見送ってから部屋に戻ると、美術彫刻みたいに整った顔立ちを人懐っこくニヤつかせた長身の女性が立っていたよ！　僕より頭一つ分以上背が高い事には驚いたけど、茶褐色の毛色はコン子さんと同じだし、頭上の三角耳は狐のものに酷似してるし、そもそも神聖な雰囲気が隠し切れてないし、誰がどう見てもさっきまで狐の姿をしていたコン子さん本人だね！

人型に擬態しているのか本来の姿に戻ったのかは分からないけど、ドッキリを仕掛けるなら仕掛ける側にも努力が必要だと思うよ！　次からは上手くやってね！

「改めてこんにちは。私の名は……まぁコン子のままでいいかな。よろしくお願いするよ。初対面で挨拶した時に少し気になった事があってね、確認のついでに話をしてみたかったんだ」

「僕はヘレシー。よろしくね。挨拶の時って……何かあったかな？」

もしかして何か失礼な事とかしちゃってた？　思い返すとコン子さんって今日呼び出された中でも別格に高位の……というか本来は召喚獣っていう枠に収まらないような存在に見えるから、もっと畏まって挨拶した方が良かったかもね！

「なに、大した事じゃないんだけどね。どうもキミ――私の霊格が見えているようじゃないか」

うわ、顔がいい。急に身を寄せて上から覗き込まれると圧迫感がすごいよ！

霊格っていうのは彼女が持つ神聖な雰囲気の事かな？　見えてるっていうのとは少し違うんだけど、自分と違う方向性の力だなぁっていうのは感覚で分かるよね！

「困るんだよね、そういう事ができちゃう人間が現地にいると。色々とやり難くてさ」

「そう言われてもなぁ……まぁ安心してよ、僕からコン子さんに付き纏うつもりなんてないからさ。ほら、住み分けって大事だと思うんだよね」

住み分けは本当に大事だよ！　例えばクラスの席順とかね！　あれ絶対ふざけて決めたでしょ。

コン子さんがどんな目的を持って召喚獣としてここに来たのかは知らないし積極的に知るつもりもないけど、互いに干渉しない範囲なら好きにしてくれればいいんじゃないかな！

「おや、こんな美人を捕まえておきながら及び腰だね。私が言いたいのはそうじゃないんだ。特別に教えてあげるけど、こうして相手の弱みを握った時はそれを材料にして有利な条件を引き出すのが上手な交渉術というものだよ。例えば今のキミなら……違う、これがそもそもおかしいんだ。危ないなぁ、もう」

「え……何が？」

「会ったばかりのキミに気を許してる。人間にしてはあまりにも反応が素のままだから感覚が狂ってしまうんだ。キミ、もしかしてそういう能力を持った神か何かかい？　私と階位どっちが高い？」

「見たままの人間だよ。人を勝手に別の何かにしないでほしいんだけど……」

もしかして皮肉みたいな事言われてる？　たまに間違われるけど、僕は正真正銘の人間だよ！　両親も人間！

そういえばハッピーの知り合いか親族か分からないひと達からも同族だと思われてた時期があったなぁ。ハッピーを見ても対応が変わらなかったから勘違いしたって言ってたけど、個人同士の付き合いに外見とかあんまり関係なくない？

「自覚がない……いや、まさか本当に人間？　……みたいだね。ふぅん？　へぇ。契約者でもない人間が私に魅入られもせず、畏怖する様子もないなんて……初日から面白い相手を見つけてしまったねぇ？」

コン子さんが悪戯っぽく口元を歪めながら試すように体を擦り寄せてくるけど、元々の荘厳な雰囲気の中に自然体の可愛らしさが見え隠れしててなんだか微笑ましく感じるね！　けどもう少し適切な距離感を保つべきじゃない？　顔にコン子さんの髪が掛かってくすぐったいよ！

さりげなく僕の方から距離を取って……うん、無理だね。後ろに足が回されてて動けないね。あ、手で僕の口を塞ぐのやめてもらっていい？　何も喋れない上に視界が埋まって圧迫感が凄いから。

「おや、どうしたんだい？　そんなに驚いて。ふふ……これは口封じさ。キミみたいな怖い人間に弱みを握られてしまったからにはもう実力行使をするしかないからね。こうして強引に言質を取ってしまおうというわけだよ。ほら、『僕は貴女について知った事を今後他言しません』って言ってごらん？　そうしたら解放してあげようじゃないか。……んー？　モゴモゴ言っていてよく分からないなぁ？」

これなんか変なスイッチ入っちゃってない？　変なスイッチ入ってるよね？

この急に手がつけられなくなる感じ、ちょっとレティーシアに似ているような気がするなぁ。あの召喚師にしてこの召喚獣ありって感じ？

「ほら、黙っているとどんどん密着して埋もれていってしまうよ？　さあ、頑張って鼻から息を吸って、甘い匂いで肺を満たして、次こそちゃんと言葉にしてみようじゃないか。……んー？　あぁ、口が塞がっていて声が出せないのかぁ。それは困った。これじゃあキミの召喚獣に助けを求める事もできないじゃないか。ここには私達しかいないのに。他には誰もいないのに。これは大変な事だよ……？」

『縺ゅ?縲√#縹√s縺縺??ゅ（あの、ごめんなさい……えいっ）』

「え、なん……ヴッ……！」

お、ナイスハッピー！　ナイスハッピーが出たね！　特に害意は感じなかったけど、なんだか放っておくと危ない気がしたから助かったよ！　干渉する時に漏れ出たハッピーの気配も、コン子さんの纏ってた神聖な雰囲気と打ち消し合っててていい感じ！

後頭部を殴打されて崩れ落ちたコン子さんが誰かに見られる前にベッドに運んでおこう！　人型とはいえ狐さんを台の上に乗せると一気に食材っぽく見えてくるから不思議だよね！　故郷で食べた狐鍋が懐かしいなぁ！

「お待たせ。戻ったわ」

正当防衛の現場を複雑化しているうちにレティーシアが戻ってきたよ！　貴族のお嬢様

が自分の手で布団を抱えながらドアを開けてる姿は想像以上に面白いけど……それ僕の布団じゃなくない？

とても肌触りが良さそうだし、見ただけで製作に膨大な時間がかかってるのが分かる繊細な刺繍が施された素晴らしい布団だと思うんだけど……それ僕のじゃなくない？

「申し訳ないのだけれど、貴方の布団は見つからなかったの。代わりに私が普段使っている物を持ってきたわ。屋敷の中は引き続きよく探しておくから、今日のところはこれを使ってもらえるかしら」

「……枕も？」

「見つからなかったわ」

「今朝の事なのに？」

「見つからなかったのだから仕方がないわ」

ちゃんと目を合わせて言ってもらっていい？

代わりの布団を貸してくれるのは助かるんだけど、寮の備品を失くすのは本当に不味いから早急に見つけてね！　下手したら村長さんの首が飛ぶからね！

8 水泡

「ここが先程説明した魔導院の管理地だ。諸君らには昨日新たに契約した召喚獣を使い、魔獣の討伐を行ってもらう」

やあ、僕の名前はヘレシー！

あの後どうにかレティーシアを宥め賺してコン子さんを連れ帰ってもらった僕は、やけに甘い匂いのするフカフカの布団と枕でぐっすり眠って朝を迎えたんだ！

今は王都から少し離れた森で担任の先生の話を聞いているところ！　厳重に魔法が重ね掛けされた高い柵を越えた先には木々の開けた広場があって、そこ一帯が魔導院っていう機関の管理地になっているらしいよ！　無骨な四角い建物がいくつも並んでいていかにも研究施設っぽい雰囲気だね！

教室で説明を聞いた時には入学三日目で野外授業なんて正気かなって思ったけど、どうやらこの区画は決まった種類の魔獣が決まった場所に発生するように魔力の流れが調整・管理されているらしいよ！　星の仕組みに正面から喧嘩売ってるし、それ以外の後ろ暗い事もガンガンやってそうな倫理観が戦時中らしくて素敵だね！

「諸君らは全員が……殆どが貴族であり、家の大きさに拘わらず召喚や魔法の訓練で魔獣を討伐した経験がある筈だ。その時と同様に落ち着いて確実に取り組んでくれれば良い。仮に何か問題が起きても私が対処するし、今日もサヴァンが同行を申し出てくれている」

「昨日は皆さんの優れた素質を見せていただきました。本日もよろしくお願いします」

今日も付き添いの先生……サヴァン先生が来てくれているよ！　昨日と違ってお姫様はいないんだけど、学園外での授業っていう事で護衛代わりに同行を申し出てくれたのかな？　見る度に目が合うのが気になるね！

ちなみにジェイド君は今日も休み！　誓って外傷は負わせてないからそろそろ出席してくれないと、僕が本当にヤバい奴みたいに思われちゃうよ！

「教室でも説明したが、この討伐は新たな召喚獣の能力を把握するためだけのものではなく儀式的な意味合いが多く含まれている。行事と言い換えてもいい」

出発前に担任の先生から聞いた話によると、どうやら王都の召喚師の間には『契約後の初めての指示で実戦を行い、それに勝利する』っていう建国神話を元にした縁起担ぎがあるらしくて、新しく契約した召喚獣の能力を確認するついでにそれも済ませちゃおうっていうのが今日の主旨らしいよ！　初代国王様と聖獣みたいな最高のパートナーになれるようにその軌跡を辿ろうなんて、とってもロマンチックな話だよね！

「下らない慣習だ。わざわざ縁起を担ぐために研究用の魔獣を消費するなど、生徒を危険に晒すだけでなく管理の手間まで増やし、更には魔獣の個体差のせいで得られる情報も不揃いになってしまう。学園内で魔導人形を使って戦闘訓練をした方がよほど安全で効率的だろう」

あ、そういう認識？　レティーシアに対するジェイド君の言動からして都会の人はロマンチストが多いのかと思っていたから、担任の先生が割と現実主義で驚いたよ！

その先生が魔獣を用意するために建物に入っていったから、待っている間に生徒は召喚獣を呼び出して準備しておく事になったよ！

「ハイドラ、今ちょっと時間いい――」

「はい！　お待ちしてました！」

みんなが召喚獣を呼び出していくのを見て僕もハイドラに声を掛けたんだけど、言葉を言い切らない内に黒い渦から這い出てきたからビックリしちゃった！　もしかして呼ばれるまでずっと待ってた感じ？　海中って結構暇だったりする？

「ガアッ！　ガアッ！」

「ちょっ、ほんと駄目だって……！　昨日も先生に怒られたよね……！」

「……ガ……」

元気いっぱいに出てきてくれたハイドラの姿を見て、昨日の鳥さんがまた興奮しちゃってるね！　中型以上の鳥さんって魚介類が好きなイメージがあるしそういう事かな？　ハイドラの触手って適度に弾力があって美味しそうだから気持ちは分かるよ！　人間なんかの咬合力じゃ文字通り歯が立たないだろうけどね！

先生はまだ戻ってきてないし、どうせ僕の順番は最後だろうから授業内容についてハイドラとしっかり打ち合わせをしておこう！

「――っていう流れで今から魔獣と戦ってもらうらしいんだけど、何か分からない事とかある？　何でも気軽に聞いてね」

「あの、無知ですみません。そもそも魔獣っていうのは……どういったものなんでしょうか……？」

「ん……？　あぁ、そうだよね。ごめんごめん」

これは僕が悪かったね！　自分の持っている認識を相手も同じだと思って話をするのは良くないって武器屋のお爺ちゃんも言ってたよ！　漫談でもそういう内輪ネタが滑った時が一番キツいんだって！

「魔獣っていうのは畑を荒らす害獣の事だよ。大きさも性質も数もまちまちで、故郷では苦労させられたんだ」

「畑を……それは困りますね」

「うん、収穫量が減って税が払えなくなったら大変だからね」

納税が滞ると領主様の代官として来てくれてる村長さんがこの世の終わりみたいな顔になって元気付けるのに苦労するんだよね！　今の村長さんは慢性的に胃が弱いから心配だよ！

「誰も魔獣の幼体なんて見た事がないし、解剖しても体の構造が目茶苦茶で面白いんだ。隣町では神様の怒りとか言われてたっけ」

「なるほど、そうなんですね」

「それは少し古い認識ね。魔獣というのは系統樹を持たない存在――『星の記憶』の総称よ」

「ひ……っ⁉」

召喚師らしくハイドラに知識をひけらかしていると、唐突に後ろから現れたレティーシアがどこか知的さを感じさせる物言いで僕の話を否定してくれたよ！　昨夜屋敷に帰りたくないって駄々を捏ねていた女の子と同一人物とは思えないね！　ハイドラがビックリしちゃうから急に話に入ってくるのやめてもらっていい？

レティーシアの足元にいる狐状態のコン子さんが半目でじっと視線を向けてきてるのが気になるけど、昨日の事なら正当防衛だから抗議は受け付けないよ！

「魔獣の体の構造は一般的な生物とほぼ同じで、生殖ではなく空気中の魔力が集まって発生する事が最新の研究で分かっているわ。とはいえ原因の分からない事象を神に絡めて理解しようとするのは自然だし、そもそもこれらは公表されている情報ではないから今貴方が説明してくれた認識こそが一般的なものと言えるでしょうね」

「そうなんだ」

「そうなんですね」

公表されてないらしい情報を堂々と口にするレティーシアの行動の是非は置いておくとして、ハイドラに間違った知識を教えずに済んだ事はとても有り難いよね！　僕の情報源って基本的に村のお年寄り達だからさ……。

でも魔獣の体が一般的な生物に近いっていう話については……どうなんだろう？　故郷にいた魔獣って明らかに既存の生物とは異なる姿だったような気がするんだけどなぁ。普通の動物みたいな見た目の生き物が襲ってくるとか逆に怖くない？

「待たせたな。これが諸君らに今から討伐してもらう魔獣だ」

ハイドラとコン子さんが挨拶しているのを井戸端に集まった子連れ家族みたいに見守っ

ていたら、担任の先生が複数の檻を魔法で運びながら戻ってきたよ！　檻の中には子供の背丈くらいある大きな甲羅を背負った亀さんが一体ずつ入れられていて、まるで生きた岩石みたいな重厚感が格好いいね！

　王都付近の魔獣が本当に既存の生物に似た姿をしていた事にビックリなんだけど、じゃあ村の畑荒らしは何だったんだって話だよね！　アハハ！

「レティーシア様。皆に手本をお願いできますか」

「ええ。コン子、お願い」

「コン」

　昨日と同じく、今日もレティーシアが一番槍を務める事になったよ！　地面に実験跡が付いている一角へと移動したレティーシアとコン子さんが準備完了の合図を出すと、一体の亀さんが檻から解き放たれて彼女達の方へと向かっていくね！

　狐形態では徹頭徹尾コンコンとしか言わないつもりらしいコン子さんに接近した亀さんは、走り着いた勢いのままに体当たりや噛み付きを繰り出してるけど……なんか避けられてるっていうよりは攻撃が当たらないって感じ！　必死に追撃する亀さんと、ゆっくり周囲を歩きながらその様子を観察しているコン子さんからは種族以上に隔絶した何かを感じるね！

そうした拮抗状態（？）が続いてレティーシアが体重を預ける足を変えた頃、ようやく観察に満足したらしいコン子さんが動きを見せたよ！

「コン」

「あれ……？　何が……」

「魔獣が、消えた……？」

前足で亀さんに触れたコン子さんがそのやけに神聖な力を行使すると、触れた部分から亀さんが布の糸を解くように青い粒子になって空気中に溶けていったよ！　たった今まで動いていた魔獣が、まるで元からなかったかのように綺麗さっぱり消えてなくなったね！　すごいすごい！

……いや怖いって。倒れて動かなくなった魔獣があぁして消えていくのは故郷でもよく見たけど、それを触れるだけで強要するなんてやってる事ヤバ過ぎるから。

「イーガス、終わったわ」

「活動状態の魔獣から魔力を直接分解……？　レティーシア様、これは魔獣の研究が大きく進むやも知れませんぞ……！」

「凄い、なんという高評価だ！」

「流石はレティーシア様の召喚獣！」

何故(なぜ)か担任の先生を呼び捨てにしたレティーシアの言葉を受けて、先生が興奮した様子でノートにペンを走らせているね！　クラスメイト達も初めて町で演劇を見た子供みたいに目を輝かせて盛り上がってるけど……今起きた事への反応ってそれで合ってる？

僕が一人で置いていかれてる間にも魔獣との戦闘が再開されて、次々と討伐が進んでいったよ！　一つひとつ状況を飲み込みながら処理したかったけどもう無理そうだから諦めて気にしない事にするね！

最後はいよいよ僕の番！　魔獣を討伐する事自体にはあまり興味がないけど、縁起担ぎっていうならあやかっておいて損はないよね！

「ハイドラ、もう次だけどいけそう？　……ハイドラ？」

「……へ？　は、はいっ！　行きましょう！　行きます！」

ハイドラからの返事が遅いと思ったら、どうやら考え事をしていたみたい！　授業っていってもあくまで人間の都合だし、そんな事より本人の意志の方がよっぽど大切だと思うから気が乗らないようなら棄権しても全く構わないよ！

浮かない表情を誤魔化すようにヌルヌルと進んでいくハイドラの触手に巻き込まれないよう気を付けながら小走りして、ついに僕達も魔獣とご対面！

「カシュ、カシュ」

「おー、近くで見ると迫力あるなぁ」

実際に向かい合った亀さんは想像以上に大きくて、一歩踏み出す度に地面を揺らす重厚感が体の芯にまで伝わってくるね！　ちゃんと腕や足が左右対称に付いてるのもバランスいい！

明らかに自分より大きなハイドラに臆せず立ち向かおうとする無謀さも素晴らしいよ！　生存や繁殖よりも、何かを害する事を優先するその姿勢は正しく魔獣って感じ！

「カシュ」

「っ、【アクアヴェール】！」

その体格からは想像も付かない素早さで体当たりしてきた亀さんに対して、ハイドラは魔法の水球を出して相手を閉じ込めたよ！　魔法の水球……水の魔法……？

内側への水流に捕らわれて身動きが取れなくなった亀さんに、続けてハイドラが追撃を……しないね！　追撃しないみたい！　全然オッケー！　僕はその選択を尊重するよ！

「あいつは何をしているんだ……？　何故露出した弱点を攻撃しない？」

「召喚師の素質があるとて所詮は庶民。戦勘というものがないのだろう。華々しい戦場は、やはり選ばれし貴族だけのものなのだ」

「あの召喚獣も、サヴァン先生の仰（おっしゃ）っていた通り攻撃能力に乏しい種族のようだな」

なんか後ろの方でクラスメイト達が色々言ってるし、サヴァン先生は摑まり立ちした赤ん坊を見守る親みたいな顔をしてるけど、今はそんな事より遥かに重要で気になる事があるよね！

ハイドラが水魔法を使えるのなら、もしその水が海水じゃないのなら……日照りが続いても作物を安定して育てられるかも知れない！　日課の水汲みもサボれるかも知れないんだッ！

彼女が魔法で出してくれた水がしょっぱいのか、しょっぱくないのか。これは僕の今後を大きく左右する運命の二択だよ！

「ハイドラ、是非とも聞きたい事があるんだけど……」

「そうですよね。これじゃ駄目、ですよね。やらないと……いけませんよね。すみません、あの魔獣が前までの自分に重なってしまって……」

「……？」

「捕まって、囲まれて、攻撃されて……私は運良くヘレシーさんと出会えただけで、あの魔獣と同じなんじゃないかって。私も誰かを傷付けるような存在で、そこに違いなんて何もないんじゃないかって……そう思ってしまったんです」

「うん……？」

ハイドラとあの魔獣が似ているかも知れないって事？　召喚できてる以上は完全に別の存在だと思うんだけど、境遇とか状況に同情するって事かな？

僕は故郷で何度も被害を受けているから魔獣に関しては全く同情できないし無心で駆除できる自信があるけど、召喚獣にまでその考え方を強要するつもりはないよ！　ハイドラが少しでも嫌な思いをする前に、こんな事は中止して美味しいものでも食べに行こう！

というか昔の英雄にあやかって縁起を担ぐなんて考え方がもう古いよね！　担任の先生も言ってたけど、今時の召喚師はもっと合理的に物事を進めるべきだと思うよ！

「分かるぞ。私と召喚獣も昔はそうだったのだ」

先生……？

「争いを好まない、心優しい召喚獣だった。だが彼には種族の掟があった。数々の試練を共に乗り越えた経験は、以降の互いの関係性を構築する上で非常に重要なものだったように思う。そう、あれは敵国……スラヴァとの争いが激化していく最中の出来事で――」

なんか急に担任の先生が隣に来て昔話を始めたんだけど何これ？

こうやって唐突に長話が始まる感じ、なんだか故郷のお年寄り達を思い出すなぁ。みんな悪い人じゃないんだけど話がとにかく長いんだよね……。

「――という訳で、今この場で魔獣を討伐できなくても気にする必要はない。成績に加点してやる事はできないが、これから召喚獣と共に成長していけば良いのだ。戦闘能力だけでなく、召喚獣との絆も育めてこその召喚師なのだからな」

「あっはい」

どうやら話が終わったみたい！　日が暮れる前に着地してくれて助かったよ！

所々聞けてなかったんだけど多分魔獣を討伐しなくていいっぽい話の流れだった気がするし、早速戦いを中止して撤収を……あっ。

「……シ……、ユ……」

亀さんが魔力の粒子になって消えていってる！　水球に閉じ込めたままだったから長話の間に窒息しちゃったんだろうね！　これは不幸な事故だよ！

「あっ……えっと、その……」

「……」

先生がフォローしてくれたのに結局亀さんを討伐しちゃったハイドラも、心温まるエピソードトークが台無しになった先生もお互いにどこか気まずそう！

故郷でも真面目な会合や儀式の時に吹き出しちゃってよく怒られてたけど、こういう笑っちゃいけない空気の時って何故か逆に面白く感じちゃうよね。

9　女性の褒め方

「おい、庶民！　ジェイド様をどこへやったんだ！　隠しても無駄だぞ！」

「気を付けろ。非道な手で決闘に勝ったような奴だ、人を殺す事に躊躇なんてしない」

やあ、僕の名前はヘレシー！

あれから若干ばつが悪そうな先生の先導で学園に戻った僕達は、教室で授業内容の総括をしてから解散して放課後を迎えたんだ！

今はジェイド君の取り巻きらしい男の子三人から校舎裏に呼び出されて囲まれているところ！　話し掛けられた時点で面倒事の予感はしていたんだけど、毎日顔を合わせる学友な訳だし誤解があるなら早めに解いておいた方が良いと思って来てみたんだ！

ジェイド君に危害を加えたヤバい奴だと思われてる可能性が高いから、僕の無害かつ友好的なスタンスを示す必要があるよね！　まずは笑顔で相手の警戒心を解こう！

「クソッ、なんだその態度は⁉　俺達はそんな脅しには屈しない！」

「庶民の分際で舐めやがって……！」

いや笑顔だよ笑顔。友好の印だから。

そうだ！　折角の機会だしこのまま三人とも友達になってくれたりしないかな？　ジェイド君っていう共通の知り合いもいるし、誤解さえ解ければ上手くやれそうな気がするよ！

「おい、声が大きくなってるぞ。証拠を揃えて摘発するまでは刺激するなと言われているんだ、誰かに気付かれて騒ぎになると俺達の立場が悪くなる」

「その通達だってどうせ他派閥の陰謀だろう！　こうしている間にもジェイド様が苦しんでいるかも知れないんだぞ!?　悠長な事はしていられん！」

派閥、派閥ねぇ。……ちょっと僕にはよく分からないや！　悪いけど興味もないかな！

王都って貴族の溜まり場みたいなものだから、やっぱりそういうのもあるんだね！　地位とか、利益とか、駆け引きとか、色々考えながら社交していくなんてとっても面倒……文化的だね！

そういえばあんまり考えた事がなかったんだけど、ジェイド君ってどのくらいの貴族なんだろう？　中堅くらい？

「こいつが契約したあの気味の悪い召喚獣は大した戦闘能力を持っていない。他にどのような召喚獣を従えているのかは知らないが、俺達が新たに使役した召喚獣も合わせれば負けるなんて有り得ない。徹底的に痛めつけて洗いざらい吐かせてやる！」

「いや、召喚獣を使うのは流石(さすが)に不味(まず)い。誰かに見られでもしたら言い逃れできなくなるぞ」

「だったらこいつの召喚獣が先に襲ってきたという事にすればいいだろう！　こんな庶民の言う事なんて誰も聞きはしない！」

「……なるほど、それもそうか」

ジェイド君の家柄について考えている内になんだか物騒な話になってるんだけど、これって僕の弁明とか聞いてもらえる雰囲気だったりする？　無理そう？

ここは一旦向こうのやりたい事に合わせてあげてから改めて話を進めるのが良いかも知れないね！　故郷にある武器屋のお爺(じい)ちゃんも「男は拳を交えて喧嘩(けんか)すれば和解できる」って言ってたし、これで一気に友情が芽生えるかも！

「やめなよ」

ん？

「なんだこの女？　……う、美しい……」

「誰だ！　この……女性、は……？」

「さあ、誰だろうねぇ」

コン子さんだ！　人型になったコン子さんが現れたよ！　こんにちは！　こんな所で奇遇だね！

美術品かと見紛う程に整った彼女の顔立ちにジェイド君の取り巻き三人も驚いているみたい！　変なスイッチさえ入らなければ本当に綺麗なひとだから気持ちは分かるよ！

「その耳、その尻尾……なんだ、召喚獣か。……いや、それにしても美しいな……契約者は誰だ……？」

「召喚獣だったのか……しかし、なんて完璧な容姿なんだ……何故か目が離せない……」

「無理矢理男の本能が刺激される……色香が……俺を狂わせる……」

「ん……？　ああ、成る程ね。ふふん」

なんかコン子さんが滅茶苦茶な言われようしてて笑えるね！

そんな三人の反応を見たコン子さんは、腕を組んで胸を聳やかしながらそれが当然だと言わんばかりの表情でこっちに視線を送ってきてるけど……なに？　僕もそんな感じの事を言えばいいの？

「おー、なんと美しい……それと胡散臭い笑みが可愛い」

「違うんだよなぁ」

違うみたい！　女性を褒めるのって案外加減が難しいよね。ハッピーなら付き合いも長いし、喜んでもらえる言葉は手に取るように分かるんだけどなぁ。

『諸蠖薙縺昴≧縺縺励g縺≧縺（本当にそうでしょうか……？）』

「甘い、香り……思考が乱れて……くそ、他に何も考えられない……」

「欲しい……この召喚獣がどうしても欲しい……どうにか契約を俺に移せないだろうか……」

「契約者が庶民ならまだ可能性があるな……金か、身分を与えて……」

なんか三人とも様子おかしくない？　あんまり詳しくはないんだけど、流石のお貴族サマでもこれは普通の反応じゃなくない？

状況的に考えてコン子さんから何らかの影響を受けちゃってそうだけど、こういう精神的な干渉って後から大きな問題になったり……まぁ僕には関係ないからいっか！

それより彼らの話で気になったのは、召喚獣との契約が他の召喚師に移せるらしいって事！　ジェイド君みたいに家族間で召喚獣を継承する事があるのは聞いてたけど、血縁関係すらない他人と契約を結び直すだなんて考えた事もなかったよ！

確かに契約してからより望ましいパートナーが見つかる事だってあるだろうし、試用期間みたいなものを設けた方が互いに安心できるのかも知れないね！　ハイドラには失礼な事をしちゃったかな？

「おい召喚獣。貴女……ではなくお前、名はなんという？　契約者は誰だ？　俺ならお前に一生不自由しない生活を送らせてやれる。契約をやり直すつもりはないか」

「いや、待ってくれ！　俺の方がより多くの金を用意できる！　俺と契約してくれないか！」

「最も社交界で顔が広いのは俺の家だ！　是非俺と契約を！」

「一番農具の扱いに慣れてるのは僕だ！」

急にアピールタイムが始まったから便乗しておくよ！　随分と情熱的な誘い文句が飛び交ってるけど、ジェイド君の件を見るに貴族の求愛ってこういうノリが基本なのかな？

なんだか演劇を見ているみたいで面白いね！

学園の年間予定に社交界の授業が結構な日数入っていて面倒だと思ってたんだけど、こんな風に演劇やコントだと思って取り組めば僕でも授業を楽しめそうな気がしてきたよ！

やっぱり何事も考え方が大事なんだね！

社交界ではこうやってレティーシアも誰かに言い寄られたりするんだろうなぁ。彼女はすごく美人だし、貴族として位も高そうだし、きっと年代を問わず大人気……あっ、ジェイド君か……。

「え、じゃあ農具の扱いが得意なキミにしようかな。流れを分かった上で話に乗ってきたんだよね？　私と契約してくれるんだよね？　言質はとったからね⁉」

「いや、そんな訳ないでしょ。冗談だよ冗談。僕にはハッピーとハイドラがいる。それに、君だってレティーシアのこと結構気に入ってるじゃないか。契約者を代えるつもりなんてないんでしょ？」

「……」

余裕のあるニヤけ顔から一転して何とも言えない表情になったコン子さんは、そのまま僕の腕を取って足早に歩き始めちゃったよ！　相変わらず密着されると圧迫感がすごいね！

有無を言わせないコン子さんの気迫にジェイド君の取り巻き三人も目を見開いて固まっちゃってるね！　これは多分戻ってこられない雰囲気だよ！　さようなら！

◇◇◇

「え……今の……幻……？」

「違う……見間違いじゃない。とんでもない美人が歩いてる」

「この学園にあんな女性がいたか……？　いや、召喚獣……？」

「綺麗……どんな化粧品を使っているのかしら」

　校舎裏から離れる間も無言で機嫌を損ねたフリをしていたコン子さんだったけど、途中で夕食に誘ってみたら気を取り直してくれたよ！　チョロ……素直で付き合いやすいひとだね！

　でも今みたいに誰かとすれ違う度に全員を振り向かせるコン子さんの目立ちっぷりを見ていると、このまま一緒に町に繰り出して大丈夫なのか段々と不安になってきたよ！　確実に通行の妨げにはなりそう！

「さっきと違って魅了を完全に抑えているのに多少の視線は集めてしまうようだ。私が純粋に美しくて申し訳ないね？」

「事実だとしてもよくそんな事言えるよね」

　自分を客観的に評価できる事は素晴らしいけど、時には謙遜も必要だと思うよ！

　というかコン子さんの口振りからして、やっぱりジェイド君の取り巻き三人は彼女から何らかの影響を受けていたみたいだね！　普通に犯罪でしょこんなの。

「抑えられるんだったら校舎裏でもそうしてほしかったんだけど。あの三人、ずっとあの調子だったら困るよ」

「大丈夫大丈夫。かなり加減したから今頃は元に戻っているだろうさ。それに、さっきのあれは本人達の理性が弱まった結果に過ぎない。私を手に入れて、この服に押し込められた柔肌を好きにしたいという欲求自体は彼らが自発的に芽生えさせたものだよ。蠱惑的な肉体で申し訳ないね？」

「そうだね」

「ちゃんと気持ちを込めて言ってもらえる？」

ちょっと絡み方がめんど……授業で疲れてるから生返事になるのも許してね！

僕は詳しくないけど、精神に干渉するような犯罪って罰が重くなりやすそうだから一度関連する法律を調べた方がいいと思うよ！

「一応言っておくけど、そういう力、レティーシアに使ったりしないでよ？　なんとなく彼女ってそういうのに弱そうな気がするからさ」

「成る程……それも面白そうだね」

「僕達会話できてる？」

いや駄目だって。釘を刺したつもりが逆効果になる事なんてあるんだね！　もう黙ってた方がいいかな？

「というか、力の使い方に気を付けるべきなのは私よりキミ達だと思うけどね。私、これでも地上ではかなり高位な方だと思うんだけど、いくら召喚獣として顕現してるとはいえそれを一撃で昏倒させるなんて異常だよ。神をも恐れぬその所業、恐れ入ったね」

「昨日の事ならそっちに非があると思うんだけど……」

「まぁ私とは領分が異なるようだからキミ達がどんな存在であれ戒めるつもりはないよ。お互い深くは踏み込まず、仲良くやっていこうじゃないか」

　コン子さんがまるで異国の地で同類を見つけたみたいな雰囲気でウインクしてるけど、僕は学園を卒業したら故郷で畑仕事するだけの庶民だから変な勘ぐりはやめてほしいな！

　そうして勝手に仲間意識を高めていくコン子さんの楽しそうな笑顔を眺めつつ腕を引かれていると、人通りの無い自然公園みたいな区画に差し掛かったよ！　学園にはこの公園みたいに極端に利用者が少なそうな場所が点在しているんだ！　そうした区画の維持費はどこからきているんだろうね！

　自分が納めた血税の行き先について考えていると、正面から僕達の方に一つの人影が近付いてきたよ！　背が低くて、全体的に丸っこくて、頭頂部がつるりとしてて……あれは学園長代理だね！　入学式で話をしていたから覚えているよ！　こんにちは！

　渋面でいかにも不機嫌そうな様子を見るに、散歩して気分をリフレッシュさせようとしているのかな？　こういう虫の居所が悪い人って迂闊（うかつ）に触れると噛（か）み付かれて火傷（やけど）しちゃうから、軽く会釈（えしゃく）だけして穏便にすれ違うのが賢い身のこなし方だと思うね！

「お前がヘレシーだな？」

あ、名指しだ！　触れてもないのに火傷しそう！　アハハ！

「名簿を見たぞ。あの村の出身者だな？　王都まで出てきて一体何を企んでいる？　田舎庶民風情が俺の邪魔をするのも大概にしろッ！」

「はい……？」

なんか故郷の事で怒ってる感じ？　うちの村は毎年ちゃんと納税してる優良な村だって今の村長さんが言ってたんだけど……？

急に怒鳴りつけられて首を傾げていると、いつの間にか後ろに回っていたコン子さんが僕の頭を抱くようにしてのし掛かってきたよ！　潰れないように乗せる体重を加減してくれてるのは有り難いんだけど、流石に学園の最高権力者の前でふざけるのは後に響きそうだからやめよう！

「この中年男性は学園長代理のケデル・オスティナート。言葉巧みに学園長に取り入って代理の座を手に入れたと噂されている貴族だね。今は実娘が当主として領地運営をしているようだ」

「……コン子さん、なんか妙に王都の事情に詳しくない？　召喚されたの昨日だよね？」

「いや、屋敷の書庫を漁っただけさ。何をするにしても情報収集は基本だろう？　ある種の博打ではあったけど、位の高い貴族に召喚されたのは幸運だったね」

「怖い召喚獣だなぁ」

コン子さんがレティーシアとどんな契約を結んだのかは知らないけど、召喚したばかりの召喚獣でもこれくらい好き勝手できるのが貴族の間では普通なのかな？　器が大きいなぁ。

「なんだこの無礼な召喚獣はッ!?　……っ？　精神保護の魔導具が消耗しているだと……!?　おい召喚獣、今すぐその精神干渉をやめろ！　この魔導具はお前のために用意してきた物じゃないッ！　今はこの馬鹿と話をしているのだ！　どこかに行っていろ！」

「あぁ、ごめんごめん。……悪いねヘレシー。黙らせられなかったよ」

「何をしようとしたのかは知らないけど、僕がやらせたみたいに言うのはやめてね」

へぇ、精神を保護する魔導具なんてあるんだね！　僕と話しに来たらしい学園長代理がそんな物を装備してる理由は分からないけど、是非ともジェイド君の取り巻きにオススメしたい道具だよ！

「あの忌々しい村の名をまさか王都で、しかも俺の学園で見る事になるとは思わなかった。昔あれだけ苦労させられて、王都に身を移してようやく解放されたと思ったらこれだッ！　ただただ不愉快極まりないし、正直あの気の触れた田舎庶民共の中から本当に召喚術の素質を持つ者が出たのかも疑わしい。お前、俺に嫌がらせをするために不正して入学したんじゃないだろうな!?」

「うーん……あれだね。ちょっと第一印象が良くない感じ？

学園長代理とはほぼ初対面な筈なんだけど、過去に村の事で迷惑を掛けちゃってたりするのかな？　そういえばオスティナートってなんだか聞き覚えのある名前のような……。

『鬆倅ｸｻ讒倥〒縺吶?縲ゅ♀莨壹＞縺励◆莠九?縺ゅ（領主様ですね。私達は直接お会いした事がありませんでしたが……）』

……そうそう、確かそうだったよね！　村には通達の時でも基本的に代官の人しか来なかったし、難しい話はお年寄り達が対応するから思い出せなかったよ！

「俺の権限で退学にしてやってもいいんだが、故郷に戻って娘に迷惑を掛けられても困る。お前が本当に入学試験で不正をしていないというのなら、学園生活で少しでも正常な感性を身に付けろ。そして帰ってからそれを村の馬鹿共にも伝えるんだ。そうすれば娘の負担も少しは減るだろう」

「分かりました……？」

「いいか、俺は報告書に書けないような問題を起こす奴が一番嫌いなんだ。あの村の住人のような馬鹿で、常識知らずで、お前みたいに何も考えてない奴がな！　この学園で問題を起こしてみろ、俺が直々に性根を叩き直して……!?　おい召喚獣！　その精神干渉をやめろと言っているだろう！　クソッ、この魔導具は魔力補充が面倒なんだぞ⁉」

「ごめんごめん、話が長くなりそうだったからつい。……ヘレシー、悪いがまた失敗してしまったようだ。わざわざ指示してくれたのに申し訳ないね」

「だから僕がやらせたみたいに言うのやめて？」

学園長代理で遊ぶとか本当に良くないと思う！　でもこうして犯罪級のいたずらを受けても注意だけで済ませてくれるなんて正直かなり寛容だよね！

クラスメイト達もそうだけど、貴族の人達って実際に話してみると故郷で聞かされていたよりずっとノリが良くて接しやすいんだよね！　何事も深く考えてなさそうっていうか、脊髄反射で会話してそうっていうか……あ、良い意味でね！　良い意味で！

10　ふしぎ魔法シャトルラン

「今日は諸君らがどれほど魔法を扱えるのかを確認する。召喚師としての素質を持つ以上、魔力量に関しては人類の中でも上澄みなのは間違いない。しかしその操作技術は実戦経験を持つ召喚師でも特に個人差が大きい部分だ」

やあ、僕の名前はヘレシー！

あの後プリプリと怒りながら去って行った学園長代理を見送ってからコン子さんに夕飯を奢(おご)ってもらった僕は、お会計で耳にしたとんでもない金額を頭の中で反芻(はんすう)しながら眠りについたんだ！

今は召喚場よりも少し狭い魔法の訓練場に集まって先生の話を聞いているところ！　学園の授業って教室で教科書片手に受けるイメージがあったんだけど、入学した直後だからか今のところは実習ばっかりだね！

ちなみにジェイド君はまた欠席！　そろそろ彼の家の人から呼び出されるんじゃないかと心配してるんだけど、意外と追及がなくて助かってるよ！　もしかしたら家の仕事が忙しくて休んでるだけなのかもね！

「召喚獣は召喚師の指揮と補助魔法によって本来の能力を大きく超えた活躍をする。術者の技量次第ではあるが、戦果に数倍の差が出る事も珍しくない。つまり優れた召喚師は同時に優れた魔導師でもあり、そこのサヴァンも最上級魔法を一通り扱える程の実力者だ」

「本日もよろしくお願いしますね」

あと、最近僕の中で暇人疑惑が浮上してるサヴァン先生がまた見学に来てくれているよ！　いつ爆発するか分からない爆弾を見るような目でこっちを見てるのが気になるけど、何かと僕の事をフォローしてくれる善い人だよね！

「専攻が必要な攻撃魔法は別だが、補助魔法は召喚師学園において必修かつ評価点の占める割合も大きい。無論、これから授業で学んでいく分野であるため現時点で一線級召喚師のような結果を期待している訳ではないが、入学時の成績として記録するので各々集中して取り組むように。一応聞いておくが、この中で魔法が特別に苦手な者はいるか？」

「フッ、あの庶民はどうせ大した魔法は使えないのだろうな」

「初級……いや、初歩の魔法から全員の前で試させるのはどうだ？」

「ハハハ、無様な姿を晒すのが見物だな！」

先生の質問を受けてクラスメイト達が僕の魔法の腕前を予想してるみたいだけど……悪

いね。僕に更にその〝上〟を征くよ……！

「誰もいないか……ん？　ヘレシー、手を挙げてどうした」

「使えません」

「……どういう意味だ？　何が言いたい」

「僕は魔法が使えません」

「⁉」

そう、僕は魔法が使えないよ！　担任の先生が迫真の表情で驚いているけど、魔法って召喚術よりはマシとはいえ一握りの人しか使えないんだから別に僕が使えなくても変じゃなくない？　貴族の人は最初から素質があるって分かってるから幼少期から家で訓練して身に付けるんだろうけどね！

僕だって自称門番のお婆さんから魔法を教わろうとした事はあるんだけど、魔力操作の感覚が摑めなくて断念しちゃったんだよね！『体内の抵抗を尖らせて心情が赤っぽくなったら来てる』って何？　来てるって何？　教え方が感覚的過ぎるって。

「庶民……まさかこれ程とは……」

「なんという事だ。俺達の想定を遥かに超えている……！」

「子供用の訓練遊具から始めさせた方が本人の為なのではないか……？」

あっ、僕が〝上〟を征き過ぎてクラスメイト達も困惑しちゃってる！

「召喚獣が強力であればある程、補助魔法の強化量は無視できないものとなる。召喚師本人が身を守る術(すべ)でもあるし、魔法の習得は現代戦闘においてほぼ必須だぞ……」

担任の先生が難しい顔をしながら魔法の重要性を説いてくれているね！　入試問題の半分近くが魔法関係だった理由がようやく明らかになって晴れやかな気分だけど、そんなに重要な技能なのに実際に魔法が使えるか確認せず入学させた学園側も悪くない？

「……では、一人ずつ召喚獣に補助魔法を使用していってくれ。魔法の種類は問わない。順番も近くの者からでいい」

目頭を押さえながら天を仰いでいた先生が、どこか吹っ切れたように投げやりな指示を出し始めたよ！　今僕の話聞かなかった事にされてない？　順番来たらどうするの？

「いくぞ！　はああっ！　【マジックヴェール】！」

先生との立ち位置的に今日はレティーシアが最初にならなかったみたいで、先生の近くにいた生徒から順番に魔法を披露する事になったよ！　クラスメイトの男の子が気合いを入れて魔法を使うと、半透明な膜が隣に呼び出した召喚獣を包み込んで硬質化したね！

魔法を使えないにしても努力すら怠るのはどうかと思って教科書で予習していたから分かるけど、あれは魔法の影響力を軽減する防御魔法だね！　使う時に編み上げる魔力の形は僕も暗記してるよ！　そのやり方が分からないから意味ないけど！

「はぁっ……はあっ、どうだ……！」

「なんと、もう中級魔法を安定させているとは……！」

「硬度も十分だ。あれなら半端（はんぱ）な攻撃魔法は掻（か）き消してしまうだろう」

「うむ。召喚獣も信頼して補助魔法を受け入れている。良好な関係が築けているようだ。加点しよう」

おー、評価高め。初歩的な魔法すらどうにもならなかった僕からするとやってる事が異次元過ぎてあんまり参考にならないね！　なんか体を力ませて気合いを入れているみたいだったけど、あれって魔力操作に必要な動作なの？

続けて二人目以降もどんどん魔法を披露していって、召喚だけじゃなく魔法の腕前も兼ね備えた優秀なクラスに自分が迷い込んでしまった事を再認識させられたよ！　みんな魔法の扱いだけでも魔導師学園の生徒に匹敵するレベルだって担任の先生も言ってたし、やっぱり貴族の人ってエリート揃（ぞろ）いなんだね！

傍観者面（づら）でみんなの様子を眺めていたら、成績表にペンを走らせていた担任の先生と目が合ったよ！　先延ばしにするのも限界だからそろそろ手を付けるか……みたいな雰囲気で一度目を伏せたように見えたけど気のせいだよね！

「………では次、ヘレシー。魔法を使えないとはいっても、与えられた教科書くらいは読んでいるな？」

「はい」

「よし。では試しに【ヒーリング】を使ってみろ。召喚獣を癒やす基本的な魔法だ。お前の言う……その、なんだ、魔法が使えない？　事が本当なのか確かめさせてもらう」

あ、一応僕もやるみたい！　どうも先生は召喚できるのに魔法を使えない人間の存在をまだ飲み込めていないみたいだね！　現実を見よう！

【ヒーリング】っていうのは相手の傷を癒やす魔法！　これも教科書に載ってたから編み上げる魔力の形は暗記してるし、害獣駆除で怪我した時に何度か使ってもらった事もあるから感覚は覚えてるけど……まぁ無理なものは無理だと思うよ！

「心配するな。私も昔、親からの重圧によって魔力の操作が不安定になった時があったのだ。この時も救ってくれたのが私の召喚獣で――」

「ハイドラ、ちょっと来てもらっていい？」

「！　……んっ……はい！　お待ちしていました！」

先生が昔話モードに入っちゃったから待ち時間にハイドラを呼び出しておく事にするよ！　来てくれたハイドラの口がモゴモゴ動いてるんだけどもしかして食事中だったりし

た？　タイミング悪くてごめんね！

　授業内容を説明したらハイドラは魔法を試す事を快く受け入れてくれたけど、魔法が使える彼女に自分の醜態を見せるのは契約者として少し抵抗があるね！　ハッピーとはもうお互いに何かを取り繕うような関係じゃないから別にいいんだけど、ハイドラには最初くらい見栄を張りたいっていうか……ねぇ？

『縺ゅ？窶ｦ窶ｦ遘√？莉翫〒繧り牡縲？→豌励ｒ莉倥￠縺ｦ縺ｾ縺吶？る。慕樟縺ｮ蛻阪？縺ｧ縺阪k縺？縺台ｽ薙r郤上a縺溘j縲？」帙（あの……私は今でも色々と気を付けてます。顕現の前はできるだけ体を纏めたり、飛び散り過ぎないよう密度を高めたり……）』

　あ、近ごろ昔よりハッピーの形がはっきりしてて可愛さが増してるなって思ってたけどそういう事だったんだ。周囲への影響を抑えようとしてくれてたんだね！　偉い！

『縺九？∝庄諢帙＞縲√〒縺吶°窶ｦ窶ｦ？滂？？縺ゅ？√≠繧翫′縺ｨ縺？（か、可愛い、ですか……？　あ、ありがとうございます……）』

　シサダの蔓も譲らねば育たず（親しき仲にも礼儀あり）って事だね！　僕も次からハッピーを呼び出す時は身だしなみくらいは整えた方がいいかな？

「じゃあハイドラ、魔法を試すから少し体に触れるね。多分上手くいかないだろうけど」

「はい、是非お願いします！　お好きな箇所をどうぞ！」

「えー……じゃあこの触手で。【ヒーリング】」

複数の触手と一緒に頭を差し出してきたハイドラから一本の触手だけを手に取って、早速魔法を試してみる事にするよ！　魔法の原理については理解が及ばな過ぎて教科書の丸暗記なんだけど、頭の中で思い描いた紋様のパターンを順番に重ね合わせていく事で立体的な構造を作り出して、そこに魔力を通して神秘を発現させる技術……らしいよ！　これ本当に同じ世界の話？

一番簡単そうな教科書にもコツなんて書いてなかったし、そういう初心者に向けた導線が全く用意されていないところがこの国の魔導師の少なさに直結してるんだと思うね！その点に関しては素直に隣国を参考にした方がいいんじゃないかな！　一つの中立国以外は全部敵だから何も教えてくれないだろうけど！

まぁ教科書に文句を言ってても仕方がないから分からないなりに手探りで試していくしかないよね。頭の中に紋様を思い描いて、最後に力を込めて……？

「……もういい、一旦やめろ。どうも魔力の操作が一切できていないように見える。余裕をもって大型召喚獣を召喚できるというのに不思議な話だ」

「そういう前例も少なからずありますよ、イーガス先生。もういいでしょう。彼は特別ではありません」

「サヴァン……？　急にどうした。授業の内容に口出しするな」

何故か小走りで近付いてきたサヴァン先生が即座に注意されてるね！　一昨日はフォローしてくれたのに急に下げてくるじゃん。

というか有望株の実力者らしいサヴァン先生にあいう言い方ができるなんて、僕達の担任の先生……イーガス先生って結構すごい人だったりする？　貴族の子供を預かってるって考えたら当然なのかな？

「もう一度だ。次は更に要素を減らして検証したい。【交感】を試してみろ」

「シン……？」

「【交感】だ。定義するのに揉めていた時期があるので今の教科書に記載はない。召喚獣と触れ合い、心を繋ぎ、健康状態を確認する事を目的とした簡単な……魔法だ」

へー、魔法って定義で揉めたりするんだ。そういう定義付けや体系化が実は大切なんだっていう話は今の村長さんから聞いた事があるよ！　あまりピンとは来ないけどね！

「魔力の消費量は極僅か。近年まで魔力を使っている事すら観測できていなかった程で、当然ながら紋様の構築も必要としない。対象に魔力が流れさえすれば成立してしまう」

「それは……便利そうですね」

「私もそう思う。ただし、成立させるには召喚獣が術者を信じ、心から受け入れている必要があるし、意思疎通を魔法に頼るなど信頼関係を疑う行為だと嫌がる召喚獣も多い。召喚獣の格が徐々に高くなってきている昨今では特にその傾向が顕著だ。若い召喚師の中には未熟者の魔法だと言う者までいる。昔、研究のために私が使おうとした時も大変だった。新しく契約した召喚獣への使用を相棒が納得してくれず――」

あ、昔話モードだ！　先生が有り難い話をしてくれてる間に魔法を試しちゃおう！

「ハイドラ、試してみてもいい？　なんか成功したら心が繋がるらしいけど」

「是非お願いします！　ですが心が繋がるというのは、その、つまり……そういう事なのでしょうか⁉」

「そういう事……？」

「あっ、もちろん私はヘレシーさんにならむしろお願いしたくて！　ふっ、ふっ、不束者ですが……！」

「あ、うん」

ちょっと反応が謎だけど本人が嫌がってないならもういいや！

相手に触れて魔力を流すだけなんて、僕みたいな初心者でも扱えそうなすごい魔法だよね！　魔力を流すだけ……魔力を流すだけ……。

「【交感】！」

「！　……？」

「……」

「……」

うん、だから魔力を流すって何？　これって耳の動かし方が分からないとか、肩が凝るっていう感覚が分からないとかそういう類いの話なんじゃないの？　頑張ってどうにかなるようなものじゃなくない？

そうだ、試しに他の生徒達がやってたみたいに気合いを入れてみるのはどうかな？　魔法ってもう教科書からしてフワッとしてる謎技術だし、意外と根性論が通用したりするんじゃない？　知らんけど。

えいっ、はっ、ふっ！　魔力出ろッ！　出ない？　一回だけ出てみよう！　はぁッ！

◆

曹幹用背存えじ煉れぜ純制ば苛デむスてこ勾
睦抱青摩る網宇込そんは課焼腹分親丸他価桶
怜せヅイ困還な緋おぃ速たヤゆ碍突果蝶撤ふ

◆

ジ沃ゾノ湯燈馳キ紘恵堪侵共ひ叢デト厄想影

「なんだ。何かが、落ちて……」

「これは……螺旋（らせん）……明るさ！」

「あ。あ……っ！　ああっ！」

あ、違う違う。なんか妙な事になってる。変に気張るとよくないね、やっぱり。根性論なんてもう古い考え方だよ。今の時代には即してないと思う！

魔法に失敗した事実とハイドラの期待の眼差（まなざ）しから目を背けていると、後ろにいたサヴァン先生が両腕を広げながら慌てて前に出てきたよ！　今日は随分と活動的だね！

「ッ、彼が今発動させたのは……東大陸に伝わる占術です！　魔法の発動に失敗して目的とは異なる術が発動してしまう事例は少なからずあります！」

「え……あれは占術だったのか……？」

「東大陸の術にも精通しているとは、流石（さすが）はサヴァン先生だ……！」

何故か目を泳がせているサヴァン先生によると、僕は魔力操作に失敗して東大陸の占術を発動させちゃったみたいだね！　本当ぉ？

コン子さんが首を横にブンブン振ってるのが答えな気がするけど、クラスメイト達は納得してるみたいだしもうそういう事でいっか！

「すみません、少しこちらに」

みちゃだめだよっ

クラスメイト達の思考の柔軟性に感心していると、有無を言わせぬ形相で近付いてきたサヴァン先生に手を引かれて魔法訓練場の隅まで連れて行かれたよ！　この学園って強引に移動させてくる人多いよね。

「あの、僕に何か？」

「ええ、ええ。心配は無用です。私は全て把握しております。この地にお出でになって間もないという事も。ですが、どうか手心をお願いします」

「手心……？」

「はい。協調性を持って振る舞う。場に溶け込む。そういった事です」

これ……遠回しにクラスから浮いてるって言われてる？　クラスメイト達との間に若干の壁があるのは初日にやらかしてくれたレティーシアとジェイド君のせいだし、そもそもまだ入学したばかりなんだし独りぼっちの烙印を押すには早過ぎると思うよ！

「優れ、突出する者は疑われます。私も同様で、ここではケデルという男に警戒されている状況です。お気を付け下さい、奴は何らかの思惑を持って動いている」

「ケデル……あぁ、学園長代理。そういえば昨日話し掛けられて注意されたような……」

「なっ、既にそちらにも調査の手を……!?　あの男、一体どこまで……？　……こうなれば一刻の猶予もありません。今から私もこの学園を離れて準備に加わります。その間、貴方はどうか今伝えた事をお忘れなく」

「はぁ……」

「これ以上目を付けられないためには必要な事です。お願いします」

言いたい事だけ言い切って、何故かサヴァン先生が訓練場の出口に向かって歩き始めたよ！　まだ授業中なんだけど……？

どうしようもないから元の場所まで戻ると、イーガス先生もサヴァン先生の後ろ姿を見つめて首を傾げているね！　でも引き留めに行ったりはしないみたい！　自由な校風。

「サヴァンが帰っていくようだが……お前達、一体何の話をしていた？」

「もっと協調性を持てと仰っていました」

「精神指導……？　……まぁいい。ヘレシー、最後にもう一度魔法を試してみてほしい。種類は何でもいい。原因を追究するに当たって別の可能性を潰しておきたい」

「もう一度……分かりました」

先生が最後にもう一回魔法を見てくれるらしいよ！　種類は何でもいいみたいだから、今度は最初にクラスメイトが使ってた防御魔法を試してみようかな！　教科書の丸暗記で紋様だけは頭に入ってるからね！　紋様だけは！

「【マジックヴェール】」

今度は気合いとかいう根性論に頼らず冷静に……と思ったけど、中級魔法って発動するのにどのくらい魔力が必要になるのかな？　同じ魔法を使ってた男の子はかなり疲弊していたようだから、僕も全力で取り組まないと発動できないかも知れないね！

えいっ、はっ、ふっ！　魔力出ろッ！　出ない？　一旦！　一旦出ようか！

◆

ガ万拾弱箱替ニねろナ建揚ぞ資弛肱びフ飢ざぅな嶋ぼ震前菩移碑迄定ビギ塚ふ桟ゥ煽で瀞指脳イくみ良や茜衷克ニ槍嫌潤嵐ブ槽挫ニそ変みぐ儒騰ま佳はヅベ嫌区浪ぉ贋天迄塀な硫

◆

「事象の交差と……拡大！」

「あ。あ。あ……網羅る！　あ海に！」

「煌（きら）めき……これが東大陸の占術……⁉」

あーだめだめ。やっぱり根性論って古いんだ。今は魔法もロジカルの時代だよ。

訓練場を出る寸前だったサヴァン先生がこっちに全力疾走してきてるのが怖いね！

11　足元確認ショッピング

やあ、僕の名前はヘレシー！

終礼後に先生から「不得手というなら未だしも、全く魔法が使えないとなると成績点を与える事が難しい。しかし心配は無用だ。この学園には長い目で生徒を育てる土壌がある。貴重な召喚師が最大限に活躍できるよう、同じ学年の授業を複数年受けられる制度も存在する」と遠回しに留年の可能性を示唆された僕は、それを嘲笑うべきか触れないでおくべきか迷ってるクラスメイト達の微妙な空気に居たたまれなくなって教室を後にしたんだ！

ちなみにレティーシアは家の仕事があるとかで終礼前には帰ってたよ！

今は町に出掛けようと思って学園内を歩いているところ！　留年を見越して今からでもお金を節約していくべきなのか悩みつつ足を動かしていると、人通りのない通路に入ったあたりで誰かが目の前に立ちはだかったよ！

「おい庶民ッ！　今度は何をやらかした⁉　今すぐ自白しろ！　召喚師の素質があるからって牢にブチ込まれないと思ってるんじゃないだろうなあっ⁉　ああッ⁉」

あ、学園長代理だ！　学園長代理とエンカウントしたよ！　これは完全に逃げ遅れたね！

　昨日の一件で話し掛けられた時点で負けみたいな人だっていうのは分かっていたから、できれば捕まりたくはなかったよ！　やっぱり考え事をしながら歩いちゃ駄目だね！

　学園長代理の後ろに立ってる武装した人達はオスティナート家の護衛かな？　お疲れさま！

「あの男……サヴァンが消えた。今日の昼からだ。予定していた午後の会議に顔を出さず、以降は学園内を捜索したが見つかっていない。今まで学園の規則や指示には忠実に従い、表向きは怪しい動きを見せなかった男が何故(なぜ)急に？　そんなもの、何か切っ掛けがあったに決まっている。そうだろう！」

「はあ」

　なんだか今日は昨日にも増して勢いがすごいね！　サヴァン先生がいなくなったっていうのは魔法訓練場で会った後の話かな？　ああいう流れで本当に帰っちゃう人っているんだ。

「あの男は前々から怪しいと思っていた。奴は間違いなく王都で生まれ、王都で育った貴族だ。だが、それにも拘(かか)わらずお前の村で感じた気持ち悪さを持っている！　これは極めて異常な事だ。他の者は理解しようとしないがな」

「なるほど。そうなんですね」

「中身の無い相槌をやめろ。無関係を決め込むつもりだろうが、俺からしてみればお前は十分に疑わしい人間だ。一応訊いておくが、あいつは村の関係者か？」

「いいえ。名前も聞いた事がありませんでしたし、違うと思います」

「だろうな！　あんな村に住む庶民ごときが貴族との繋がりを持っている訳がない！」

「ええ……？」

質問しといて答えたら扱き下ろすとかちょっと頭お貴族サマ過ぎない？　誉れ高いね！

「だが、今はそれが問題だ。サヴァンはあの村の馬鹿共と違って頭が回る。サヴァンにはあの村の馬鹿共と違って貴族としての地位がある。そんな人間が、あの村で感じた何かを持っている。これは大きな脅威だ。騎士の馬鹿共はまるで信じようとしないがなッ！」

「ケデル様。シアワセ村に関してのそういった第六感については我々も信じておりません」

「見ろ！　馬鹿ばっかりだ！　領民も！　王都の奴らも！　我が家の護衛さえも！　ああああ馬鹿馬鹿馬鹿馬鹿‼」

あー血管切れちゃう血管切れちゃう。体型からしても健康とは縁遠そうだから怒り過ぎには気を付けてほしいな！

しばらく地団駄を踏んで怒りを露わにしていた学園長代理だったけど、急に天啓を受けたように動きを止めて静かになったよ！　血管切れた？

「……捜せ」

「え？」

「お前もサヴァンを捜せ。これは学園長命令だ」

「？？？」

え……今そういう流れだった？　聞き間違い？

村の事で第一印象が悪いのはもう仕方がないとしても、それに託けて生徒に仕事を押し付けようとするのはどうかと思うよ！

「あの……それはどうして」

「理由は幾つもあるが、お前が全てを知る必要はない。自分と故郷の疑いを晴らすには丁度良い仕事だろう。やれ」

うん、普通に面倒！

なんか学園長代理は僕に疑いがあるみたいに言ってるけど、ちゃんとした根拠がある訳じゃなくてあくまで感覚的な話なんだよね？　そもそも個人的にはサヴァン先生の行方にもあんまり興味がないし、引き受ける利点が全く感じられないよ！

　僕としては魔法が使えないせいで留年しそうになってる事の方がよっぽど問題なんだよね。どうするのこれ。

「いいか、分かっているだろうがこの事は誰にも言うなよ。もしサヴァンを見つけたら何もせずその場から離れて報告しろ。俺も人を出して捜すからお前が一人で走り回ったところで無駄足にしかならんだろうが、俺が中止と言うまでは捜索を続けろ。いいな！」

「……」

「いいなッ⁉」

「ケデル様。国民の無報酬労働は認められておりません。それに、いくら庶民といえど国の未来を背負う子供にそのような物言いをされては……」

「チッ……！」

　あ、学園長代理が護衛の人に諭されてる。

　というか報酬の無い労働って駄目なんだ？　うちの村は大丈夫だったと思うけど、昔連れて行ってもらった町では普通に横行していたような……きっと記憶違いだね！

「……分かった、分かった。お前のような卑しい庶民は恩義や名誉といったものの価値が分からんのだろう。直接的な褒美が示されなければ行動にも移せんのだろう！　だったら、万が一にもお前が最初にサヴァンを見つけたら学園長権限で何でも望むものを与えてやる！　どうせ無駄だろうが試しに言うだけ言ってみろ！　それで満足するならな！　どうせ金品だろう！」

「成績点……」

「は？」

「実は魔法の授業の成績が悪くて……」

「まだ四日目だぞ。何を言っている……？」

何でも言えって言われたから目下の問題について正直に話したのに引くのはひどくない？

僕があまりに〝上〟を征き過ぎて学園長代理まで困惑してるのが事の深刻さを物語ってるけど、これに関しては合格させた人と自称門番のお婆さんにも過失責任があると思うよ！　法廷で会おう！

「どうやったら入学早々そこまで落ちこぼれられるのか理解できん。俺の領地の株を下げるためにやって来た敵じゃないのか」

「これについては僕も想定外で……」

「…………まぁ、いい。お前の望み通り報酬は成績点で構わん。構わんが、これはお前が最初にサヴァンを見つけた場合に限った話だという事を忘れるな。明日からも授業には必ず出席しろ。いいな⁉　必ずだぞ！　分かったらさっさと行け！」

「はい。ご忠告ありがとうございます」

おお……？　なんか面倒事に巻き込まれたと思ったら、サヴァン先生を見つけたら成績点が貰えるっていう破格の条件を引き出せたよ！　どんな依頼でも一度は渋れっていう母さんの教えが役に立ったね！

もちろん魔法は継続して練習するつもりではあるけど、人を捜すくらいで留年が回避できるとしたらこんなにも美味しい話はないよ！　広い王都の中でたった一人の人間を、しかも一番最初に見つけるだなんて現実的じゃない気もするけど、買い物のついでに町を見て回るくらいなら時間の無駄にもならないし完全に捜し得！

成績点のために……あぁ、違う違う。困ってる学園長代理とサヴァン先生を助けるためにも頑張らないとね！　見返りを求めない善行って本当に尊くて素晴らしいものだと思う！

◇◇◇

昨日に引き続きプリプリと怒りながら立ち去っていった学園長代理と護衛の人達を見送

った僕は、早速寮で服を着替えてから町に繰り出す事にしたよ！　王都に来たばかりの時は大通りの人波にも圧倒されたものだけど、今ではすっかり慣れて買い物を楽しむ事が……人捜しができるようになったんだ！

今のところ買ったのは茶葉と幾つかの日用品！　布団と枕も買おうか迷ったんだけど、レティーシアの私物がフワフワでとても温かいから店売りの物に魅力を感じなくなっちゃってるんだよね！

あまり女の子の私物を堂々と使うのもどうかと思うけど、新しく買ったとしても元の布団が返ってきたら荷物になっちゃうし、財布にそこまで余裕もないし……。

「ひどいな。店の入り口ごと壊して盗むとは……」

「おい、破片が散らばってるから子供は近寄るなよ！」

「こんな人通りのある場所で派手にやりやがって。犯人はまだ捕まってねぇのか？」

次は召喚獣へのお土産を買おうと青果店を探していると、繁華街の一角で何やら事件が起きているのを見つけたよ！　どうやら魔導具……魔力で動くお高い道具を扱ってるお店に強盗が入ったみたいだね！

王都って衛兵が多いしチラホラ貴族だって見かけるのによくやるなぁ。素人目には成功率と見返りが釣り合ってるとは思えないんだけど、そんなに急いで欲しい道具でもあったのかな？

まぁ目の前で起こったのなら未だしも、犯人が立ち去った後の事件を気にしても仕方がないよね！　今の僕には青果店を探す時間の方がよっぽど大切だよ！

「ありあとやっしたー」

「急げ、時間を無駄にするな！」

「おい邪魔だ！　どけ！」

「おっと」

隣の通りへと歩く途中、大きめの武具屋さんの前を通ったタイミングで中から大荷物を持った人達が勢いよく出てきたよ！　重そうに両手で抱えているのは白紙書かな？　あまり他人の荷物をジロジロと見るのもどうかと思うけど、あそこまで沢山持ってるとつい目が行っちゃうよね！

白紙書っていうのは召喚師の武器みたいなもの！　かなり古い手法だから僕も詳しい使い方は知らないし当然クラスメイト達も誰一人として使っていなかったんだけど、そんなものがあんなに売れてるなんて驚きだよね！　絶対在庫処分で安くなってたでしょ。

颯爽と走り去っていく黒装束の人達を見送った僕は、開けっ放しになっていた武具屋さんの扉を閉めてあげるついでに店内に入ってみる事にしたよ！　白紙書をあんなに売り捌いた店員さんの営業手腕が気になったのもあるけど、さっき強盗を見たばかりだし僕も何か身を守れる武具を持っていた方がいいんじゃないかと思ってね！

「いらっしゃーせー」

一気に在庫が捌けたからか上機嫌そうな武具屋の店員さんが迎えてくれたよ！　下がった眉尻がなんだか眠そうに見える、僕と同い年くらいの女の子だね！

入り口付近は訓練用の剣が多くて、少し奥にはしっかり刃の付いた多種多様な武器が陳列されているのが見えるよ！　訓練用の剣が一番手に取りやすい場所に置いてあるのは防犯目的なのかな？　それとも王都じゃ訓練用の方が真剣より需要あったりする？

僕はそういうちゃんとした武器よりは鍬とか草刈り鎌なんかの農具の方が使い慣れてるから、防犯目的で咄嗟に使うなら似た形状の物がいいかな？　意外とあれでも小型の魔獣くらいなら駆除できたりするんだよね、あの羽と腕が三本ずつ生えてる犬とか。

「防具もいっぱいある。……一番安い兜でもこの値段かぁ」

壁際には防具が色々と並べてあるけど高いなぁ。いや、多分相場ではあるんだろうけど、それでも田舎農民が気軽に買えるようなものじゃないよ！　召喚師にとっての防具の重要性は分かってるつもりだけど、僕は戦う仕事に就く訳じゃないし優先度としては低くなっちゃうかな！

防具を着けるなら僕よりハイドラが先かもね！　彼女は全然気にしてないけど、もう少し肩とかお腹を隠さないと小さな子供達がビックリしちゃうよ！

『遘√b菴輔°逹?縺滓婿縺瑚憶縺?縺ｮ縺ｧ縺励ｇ縺?ｋ縺ｋ縺励（私も何か着た方が良いのでしょうか……？）』

あ、ハッピーは大丈夫！　確かに断トツで露出は多いけど、君はもうそういうレベルじゃないっていうか、気にするところそこじゃないっていうか……。

「んー？　用がないなら帰ってよー？」

商品の値札を確認しながら店内を歩いていると、買うつもりがないと思われたのか店員さんに声を掛けられちゃったよ！　高額な武具を取り扱ってるし、不審者を警戒しておくのは大切な事だよね！　僕は普通の客だけどね！

「ちょっと品揃えに圧倒されちゃってね。鍬とか鎌ってどこに置いてあるのかな？」

「クワ……？　鎌なら何本かあるよ。あんま売れないから少ないけど。こっちこっち」

カウンターに顎を乗せたまま手招きする彼女の方に近付いてみると、確かに通路横の目立たない場所に鎌が立て掛けてあったよ！　すごく立派な作りだけど……これ刃が大き過ぎない？

少し持ち上げてみたけど、やっぱり相当な重さがあるよ！　草っていうか細い木くらいなら力任せに切れそうな重量で、取り回しはあんまり良くなさそう！

「ちょっと大げさだなぁ。……ん、こっちのは……」

大鎌の側にあった木箱の中を見てみると、明らかに作りが雑な長剣達と一緒に金属部分が途中で折れちゃってる鎌を見つけたよ！　どう見ても訳アリ品ではあるんだけど、ちゃんと刃は付けられてるし重量はむしろ丁度いい感じ！　あと安そう！

「あ、それは馬鹿が折っちゃったのをあたしが刃だけ付けたやつ。店長にバレないように数打ちに混ぜてたんだけど、やっぱ全然売れないからそろそろ打ち直そうと思ってたんだよね」

カウンターに突っ伏しながらため息を吐く店員さんの話からは過去の苦労が窺えるね！　この店の事情は知らないしあまり興味もないけど、どうか強く生きてほしいな！

「でもそれを打ち直してるところなんて店長に見られたら、また馬鹿の事思い出して機嫌悪くなっちゃうじゃん？　とばっちりで当たり散らされてもダルいからさ、もし気になったんなら買ってくれない？　安いよ、それ」

「ふーん？　値札がないんだけど、いくらなの？」

「それはねー、…………………九千ユール」

あ、本当に安い。

店員さんが僕を頭から足先までジロジロと観察して提示した値段は九千ユール！　少しでも高く売りたいっていう気持ちと、絶対に売れ残ってほしくないという強い意志が混ざり合った絶妙な価格設定だね！

それでも家で使っていた農具より二倍くらい高いんだけど、その分長持ちするだろうし「王都で作られた道具だよ」って知り合いに自慢できる事を考えるとかなり魅力的に思えるよ！

さっき節約とか考えてた癖に何言ってんだって感じだけど、近いうちに打ち直すから今しか手に入らないって言われると欲しくなるのが人の性だよね！

それに……もう少し安くなるかも知れないし？

「欲しいけど、そんなに持ち合わせあったかな……あー、八千ユールしかないや。残念」

「…………やっぱり一万ユールで」

「九千ユールあったよ。数え間違えてたみたいだ」

流石に目が良いね！　どうやら値切るのは無理そう！　店員さんを困らせるのは本意ではないし、ここは素直に言い値で買っておこうかな！

細かいお金がなかったから一万ユール札を手渡すと、店員さんは信じられないものを見るような目でおつりを投げ付けてきた後、先の折れた鎌を店の奥に持って行ってピカピカにしてくれたよ！

「はい、ちゃんと口金から先は包んでおいたから。いやー懐かしいわー。これ打った時はずっと連勤でホント大変でさー、形整える時に『あたしを休みにもできない神なんて全員いらねー！』ってイライラをぶつけて叩きまくってたわけ。仕上げも手は抜いてないし、見た目はこんなだけど魔獣もザクザク殺せると思うよ。丸くなったら研いだげるし」

「うん。じゃあその時は頼もうかな」

申し出は有り難いんだけど別にこれで魔獣を狩るつもりはないし、本格的に使うのも故郷に帰ってからだろうからこの鎌を持ち込む事は多分ないかな！

それより店員さんが不特定多数の神様に文句言ってるのがヤバいよ！　下手な貴族に聞かれたら打ち首になるから気を付けてね！　それで食べてる人達もいるから！

「いやーありがとー。あの変な本も売れたし、今日は在庫がハケるいい日だわー。にひひ」

店員さんの可愛いホクホク顔に見送られて、僕もホクホク顔で退店したよ！　恐らく数年は使わないであろう道具を買ったせいで懐が寂しくなっちゃったけど、明日のご飯が食べられなくなる訳でもないし直ちには問題ないよね！

◇◇◇

「ここならいいかな。おいで、ハッピー」

『縺ｯ？（はーい）』

あれからそれとなくサヴァン先生を捜しつつ青果店に辿(たど)り着いた僕は、捜し人は見つけられなかったものの沢山の美味(おい)しそうな果物を買う事ができたよ！　草刈り鎌も合わせるとかなり荷物が増えちゃったから、中心部から少し離れた誰もいない路地裏でハッピーを呼んで預ける事にしたんだ！

高く積み上げられた木箱に隠れて声を掛けると、見慣れた肉塊が空間の裂け目から落ちてきたよ！　王都の町中でハッピーに顕現してもらったのは初めてだけど、やっぱり隣にいてくれると落ち着くね！

「悪いけど、この鎌持っててもらっていい？　当分は使わないだろうからさ」

『蛻？°繧翫∪縺励◆縲ゅ縺ｵ縺ｫ縺？縲ゅ縺ｫ？※縺ｫ〃縺ｾ縺吶？繧や？ｦ襲ｦ縺ｧ繧ゅ％繧後？∫ｨ縺翫≧縺九ｯ襲ｦ蜈ｴ？繧∬拷蛻医・j骼後→縺励※縺ｦ縺ｪ繧牙ｮｶ縺ｮ邏榊ｱ九↓鄂ｮ縺?※縺ゅ▲縺滄(分かりました。こっちに置いておきますね。……でもこれ、言おうか迷っていたんですけど……多分、草刈り鎌としてなら家の納屋に置いてあった鎌の方が使い易(やす)いんじゃないかと……)』

「……」

『縺昂1縺ｫ窶ｹ窶ｹ縺薙?蜿??:.搗縺ｮ驕灘?縺ｨ縺ｯ驕輔≧驥大ｱ槭〒菴懊ｉ繧後※縺?∪縺帙ｓ縺銀?ｹ窶ｹ?溘?遘?#縺（それに……この刃、村の道具とは違う金属で作られていませんか……？　私達で修理できるんでしょうか……？）』

あーあー！　聞こえない聞こえない！

それは王都で作られた道具！　それだけで高い価値がある！　うちの村みたいな田舎では手に入らない貴重品！　きっと切れ味も良くて長持ちするから大丈夫！

ほら見て！　この折れて短くなった四角い個性的な刃を！　実に美しいね！　工芸品としても価値があるよ！　持ち帰って隣町で売れば大儲(おおもう)けできるだろうね！

『縺ゅ▲繧ゅ◎縺?〒?（あっ、そうですね……）』

何かを察して言葉を飲み込むのやめて？　一人で盛り上がってる痛い奴(やつ)みたいになっちゃうから。

ハッピーも昔は僕と一緒にはしゃぎ回ってたのに最近は随分と落ち着いたよね！　僕があまり成長していないという説もあるけどね！

「……こほん。じゃあそれの保管はハッピーにお願いするとして、荷物を減らすついでに果物も今食べちゃおうか。……あっ、そうだ。顔合わせついでにハイドラにも来てもらったらどうかな？　ここじゃちょっと狭い？」

ハッピーとハイドラと僕……重なるように身を寄せ合えばギリギリ全員収まったりしないかな？　壁とか圧迫して壊しちゃう？

『莠騾壹ｊ縺ｯ縺ｪ縺ｮ?〒縺呐¢縺繰?夊ｷｯ繧貞械＞縺悾c縺??縺ｯ潤縺上→縺?〒縺呐襄（人通りはありませんけど、通路を塞いじゃうのは良くないですよね……私は戻っておきます）』

「悪いね。ハッピーの分の果物は渡しておくから、そっちは好きに食べちゃってよ」

『縲上≠襄ｧ襄ｧ縺縲後ｂ縺励◎?縺縺縺呐?（ありがとうございます！　私、果物大好きです……！）』

最近無理に背伸びして大人びた雰囲気を出そうとしてる疑いのあるハッピーが、こうして無邪気に喜んでいる姿を見るとこっちまで嬉しくなるね！

ハッピーの好みについては世界一詳しいっていう自負があるけど、ハイドラは今日選んだものを気に入ってくれるかな？　早速呼んでみよう！

「こ、これ、ヘレシーさんが私のために選んでくれたんですか……!?　でしたら全部好きです！　ありがとうございます！　ご馳走になります！」

声を掛けた瞬間に黒い水溜まりから這い出てきたハイドラに果物を見せると、腰を直角に折って頭を下げながら喜んでくれたよ！　その舎弟みたいなノリは何？

「いくつか珍しい物も選んでみたから試しに食べてみてほしいな。本当はハイドラと一緒に店を回って相談しながら買い物したかったんだけど……」

「う……それは……やっぱり駄目です。そう言ってもらえるのは凄く嬉しいんですけど、私の体は遠くからでも目立ちますし、怖がられたり、攻撃されたり……ご迷惑になると思います。私のせいでヘレシーさんに何かあったら生きていけないので……」

「心配性だなぁ」

そう、長年の憧れだった召喚獣との町歩きが実現すると思って寮でハイドラを誘ったんだけど、結構しっかりと断られちゃったんだよね！　試しに一番細い触手を引っ張ってみても微動だにしなかったから諦めたよ！

もし彼女が心配している様な事になったとしても僕とハッピーがいるから大丈夫だと思うんだけど、ああやって頭まで下げられたんじゃ本人の意志を尊重する他なかったよね！

「ま、とりあえず果物食べちゃおっか。はい、口開けて」

「むぐ……？　むぐむぐ……仄かな酸味が美味しい……好きです」

「ふむふむ。これは？」

「あむ……シャリシャリの食感が楽しい……好きです」

「なるほどね。こっちは？」

「んぐ……丸呑(まるの)みした時の喉越しが心地いい……好きです」

「そうなんだ」

毎回こっちの顔を見ながら感想をくれるのは礼儀正しくて感心するんだけど、殻付きの果物も丸呑みしちゃって大丈夫なんだ？　消化器官とか身体能力とか、人間より色々なところが強靭(きょうじん)そうで羨ましいね！

これなら故郷の山で採れる黒い木の実も皮ごと食べられそうかな？　あの見た目が最悪な上に人によっては依存性があるらしいけど栄養価が高くて味も最高なやつ！　一応村から持ってきてるけど数に限りがあるから、今度ハッピーもいる時に皆で食べようね！

どんどん果物を飲み込んでいくハイドラを見ながら王都で木の実を増やせないか考えていると、表通りを歩く人の足音と話し声が聞こえてきたよ！

「商品の奴隷が脱走したァ？　どこのマヌケ商会だよ」

「パーディらしい。外から檻(おり)が壊されてたって話だ」

「盗まれたんじゃねえのか、それ」

聞こえてきた話によると、どうやら町のどこかで奴隷の人がいなくなったみたいだね！　脱走なのか盗難なのかは分からないけど、どちらにせよ良くない事が起こっているのは確かだよ！

さっきも強盗に入られてる店を見たし、想像していたよりも王都は物騒な所なのかも知れないね！　庶民から布団を盗む貴族もいるし！

「……あの、奴隷って盗まれるような貴重なものなんですか？　私も前に一度そうされそうになった事があって……」

「そうなの？　もう契約したから大丈夫だろうけど、もし今度そういう人に会ったら教えてね。僕がちゃんと話をするから」

「はい……一生付いていきます……」

奴隷っていうと犯罪奴隷か戦争奴隷が多いんだけど、ハイドラは犯罪に手を染めるような子じゃないし、海の生き物と戦争した国なんて聞いた事もないし、奴隷にされそうになった経緯が分からないなぁ。他の国だと別の条件があったりするのかな？

「奴隷っていうのは誰かの持ち物になっちゃった人の事だよ。悪い事をしたり、戦争で捕まったり、奴隷の子供だったりね。最近は大規模な戦いが起こってないから減ってるんだ。そういう意味では貴重かもね」

「戦争……」

とはいえ国境付近では今も度々小競り合いがあるから多少の供給はあるんだけどね！

故郷の村にも若い奴隷の人がいたなぁ……もういないけど。

「戦争っていっても、母さんの上の世代くらいから戦況は落ち着いてるらしいけどね。あくまで一時的だろうけど、次に大きな侵攻が始まるまでは軍隊も武家も暇してるんじゃないかなぁ」

「そうなんですか。確かにそういう状況だと、戦うのがお仕事の人は退屈かも知れませんね」

「別にその人達だって平和が嫌な訳じゃないと思うけどね」

一時的とはいえ平和を勝ち取ってるのは事実だし、ゆっくり休んでもバチは当たらないと思うよ！　でも武家の貴族って武勲がなかったら派閥で軽視されたりして大変なのかも？

積極的に争いを起こそうとしているのって案外そういう人達だったりするのかもね！

辺境の住人からすると普通に迷惑だからやめようね！

「ちなみに戦う仕事っていうと召喚師もそうなんだよ。メイユールでは魔導より召喚術が重要視されてるし、戦況をひっくり返す花形として期待も大きいんだ」

「あ、召喚師ってそういうお仕事だったんですね」

「苦しい戦場で召喚の光を見たら『勝利の光だ！』って大盛り上がりだったらしいよ。自称門番のお婆さんに何度も聞かされたから戦争関係の話は覚えちゃったなぁ」

まぁそんな格好いい逸話も昔の事で、小規模の戦いが増えた今じゃ召喚師は開墾や建築にも駆り出されてるんだけどね！　基本的に召喚師は王都の周辺や主要な都市にしかいないから、田舎じゃ複雑な建造物は建てられないよ！

村には偏った知識ばかり持ってる話の長いお年寄りが多くて困ってたんだけど、こうして召喚獣からの疑問に答えられるならそれも悪い経験じゃなかったと思えるね！　帰ったらお土産と一緒にお礼を伝えよう！

「じゃあヘレシーさんも卒業後は戦場に出るんですね！　私、その時は頑張って敵を殺しますね！」

「いい笑顔ですごい事言うなぁ」

その意気込みは頼もしいんだけど、卒業後に僕達が行くのは戦場じゃなくて辺境の寒村だよ……。

12　熱：ジェイド

（俺は、一体……何をしていた……？）

立ち尽くす。一人、王都の町中で。

目に映る全てが疑わしく、自分を陥れる罠に見えた。一時は錯乱状態にまで追い込まれたその要因は、単純な恐怖。

いつだって自信に溢れ、肩で風を切って歩いた道に今や確かなものなど何もなく、精巧で美しい舗装路に一歩踏み出す事にさえ躊躇する。

段差に足を取られるのではないか。

足が滑り、転倒するのではないか。

床が突如崩落するのではないか。

足元に現れた肉塊に飲み込まれ、化け物の体内で磔にされ、四肢を千切られ、強制的に命を繋がれ、永い時を生かされたまま苦痛を与えられ続けるのではないか――。

（やめろ！　違う！）

ありもしない妄想。凄惨なイメージ。まるで第三者の視点で見たような、悲痛に歪む自らの表情。植え付けられた偽りの記憶。

いつからか頭に浮かぶようになった鮮明な光景から逃げるように頭を振る。

次に顔を上げると、そこには見慣れた町並みがあった。自分が現実世界にいる事に安堵する一方で、そう考える自分に嫌気が差す。

（ただの一度の敗北で幻覚を見るまでに弱るか、ジェイド・グレード……！）

湧き立つのは怒り。

それは極小さな火種だったが、今の自分にとっては何よりも必要なものだった。

（クソッ！　クソッ！　クソッ！）

普段であれば、現状を前にして真っ先に表面化していたであろう攻撃的な感情。久しく忘れていたその姿を追い、意図的に熱を持たせていく。

拳を握り、歯を噛みしめ、石畳の床を蹴る。心だけでなく体を使い感情を昂らせていく。

（あの庶民さえいなければっ！　あいつさえ！　あいつさえ！　……）

やがて火種は大きく育って光を放ち、熱く、熱く、熱くなって――

（……俺さえ、もっと強ければ）

――それでも、燃え上がるには至らなかった。

気力を失い、停滞し、ゆっくりと浸水していく心情はまるで川岸に掛かる流木のよう。とてもではないが自分を知る者に見せられる姿ではなく、実際、あれから学園には顔を出していない。

『グレード家の人間はいつの時代も壁を越え続けてきた。それは敵対する派閥であったり、時代そのものであったり、立ち塞がる個人であったりする。そして今、お前も同じ状況に直面している』

決闘をした日の夜。厳格でいつも叱るような口調だった父の言葉にどこか温(ぬく)もりを感じたのを覚えている。

『俺も挑み、敗れた。それも当主になってからで、相手はかつての仲間達だった。グレード家の男としてお前もいつか壁に直面するだろうとは思っていたが……まさかその若さでとはな』

こちらを気遣うように一つひとつ選ばれた父の言葉を受け、惨(みじ)めな気持ちばかりが募った。酷(ひど)く似合わない、子を想(おも)う父親のような言葉を選ばせてしまった自分が嫌になった。いつものように失敗を責めて欲しかった。

『全てを使え。何よりも打倒を優先しろ。今日立ち塞がった相手は、お前の将来に絶対に必要なものだ。何度敗れても構わん。期限も設けない。その相手に勝つために必要だと思った事だけをしろ。そしていつか勝利し、ここで報告してみせるのだ』

そしてついに、父は哀れな息子を責めずに話を終えてしまった。

あれから俺は屋敷を出た。本当に近しい者しか知らない場所に身を移した。それこそただの我が儘で、どんな顔で毎日親に会えば良いのか分からないというだけの幼稚な逃避に過ぎなかったが、護衛や使用人は何も言わずに付いてきてくれた。

グレード家の人間が庶民に敗れた。その事実は派閥を巻き込んだ大きな問題になるかと思っていたが、不気味なほど身の回りは静かだった。

今は頭を冷やせと、そう言われているような気がした。

(俺は……どうすればいいんだ……)

崩壊した自己同一性、今までの自分を作り上げていた偽りの実力と、それに裏付けられていた空虚な自信。それらが剝がれ落ち、ただの特別でない一個人になった自分。

今まで積み上げてきた、若しくは自動的に積み上げられていたものの大半が崩れ去り、塵のように残った何かを拾い集めて形成した本当の自分。ジェイド・グレード。

そんな男は、かつての自分が見れば鼻で笑う程に弱く——そして現実が見えていた。

(勝ち、負け……あれは、そういう相手じゃない)

あの日、召喚場での出来事を想起する。思い出そうとする度に割れるように痛む頭を押さえ、何かが糸を引いて千切れていく感覚の奥から目的のものを引き上げる。そうした本能の拒絶を振り切って思い起こしたのは、恐怖と絶望の記憶だ。

シルバーと化け物が対等に向かい合っていたのは最初の一呼吸だけ。飛翔し、破裂した肉塊が召喚場を飲み込んで、それから始まったのはとても戦いとは呼べない惨事だった。

相手が行ったのは、決闘の勝利ではなく敵に苦痛を与える事のみを目的とした所業。

自分が見たのは、無数の肉塊に集られ、数え切れない暴力を受けて召喚獣が惨たらしく形を変えていく様子。

『よろしくな、シルバー！』

そんな目の前の光景を受け入れられず呆然としていた時、視点が切り替わるようにして遠い日の自分が現れた。

『だけど、おれだって強いんだ！　ケガしそうになったら、シルバーだって、他の誰だって、おれが守ってやる！　約束だ！』

あの日交わした約束。無邪気に、無責任に、そして本当にそうできると信じていた約束。

『うそつき』

そんな過去の自分を共に見ていたシルバーが、強い恨みと非難を込めた言葉を口にする。守ると約束しておきながら、何もできず苦しむ召喚獣を見ているだけの自分。

浅く呼吸を繰り返している間にもシルバーは分割され、肉塊に取り込まれていく。

助けないと。約束を守らないと。そう思った。

震える足を叱咤し、肉の床を駆けた。ただ速く走る事だけを考えていた俺は、上から降ってくる別の肉塊に気付かなかった。

強い衝撃を受けると共に取り込まれ、向いている方向さえ分からない空間に閉じ込められた。体の自由を奪われ、剝がされ、折られ、刺され、千切られ、繋がれ、狂う事も許されず生かされ続けて——。

(っ……違う！　あれは幻覚だ、惑わされるな……！)

分かっている。ありえない。この記憶は自分の恐怖が生んだ幻覚であり、事実ではない。

後から聞けば、シルバーも同じような幻覚を見たらしい。たとえ悪質な精神攻撃下の出来事だったとしても、俺を助けられなかった事に酷く落ち込んでいる様子だった。シルバーが見た悪夢の中で俺がどうなっていたのかは、最後まで教えてくれなかった。

挑む事が間違いだったとは思わない。結果としてあの怪物の危険性をレティーシアに伝える事ができたし、体にも欠損はない。あの庶民が自分にとっての越えるべき壁なのだとすれば、むしろ出会えた事は幸運だとさえ言える。

呪いのようなものも受けておらず、すぐにでも行動を起こす事が可能だ。しかし……。

(何もない。俺は……全てを失ってしまった)

再び立ち向かわなければならないという使命感はある。しかし、自分の意思としてあの庶民を降してやろうという気は起きなかった。

それは単純な相手への恐怖だけではなく、歩みを止め、熱を持てなくなってしまった自分自身への失望によるもの。

最も致命的なのは、それを理解していてなお心が揺れ動かない事。焦りも悔しさも何もない、胸に穴が空いたような虚無感。

――ジェイド・グレードは折れてしまったのだろうか？

家の者達が今最も危惧しているのはそれだろう。それを知った上で、その問いに答えを出す事ができずにいる。

空っぽなのだ、本当に。今の自分は。

幼き日からの恋心でさえ、その空洞を埋められない程に。

「盗みだ！　黒い服の男ッ！　誰か！」

閃光と爆発音。助けを求める声に続いて砂煙が足元に吹き込み、思考が中断される。

聞こえてきた言葉が本当であれば、断じて許してはならない悪事が行われている。それもすぐ手の届く距離で。

(近い……！　……だが、俺が行ったところで……)

脳内を支配する負のイメージ。油断し、貴族としての本質を忘れ、召喚師として敗北を喫した自分。これ以上恥を上塗りするような事があれば、次こそ本当にグレード家の人間ではいられなくなるだろう。

幸い、今は目立たない格好をしている。誰にも気付かれる事はない。表立って行動するのは調子を取り戻してからで構わない。そんな逃げる理由ばかりが脳裏に浮かんで――。

『シルバーだって、他の誰だって、おれが守ってやる！　約束だ！』

(……そうだ、俺は……約束したんだ……)

家族を守るという約束。民を守るという約束。

一度破ってしまったそれを次こそは果たす。そうしたいと思った。自分の意思で。

心砕け、放り出された空虚な世界で進むべき道を失っていた自分が辛うじて見つけた小さな目印。冷え切った体の中心が、僅かに熱を持っていくのが分かる。

(行こう。俺だって誰かの盾になるくらいはできる筈だ)

自分が失った何かを求めて――否。

ただ民を守るために、ジェイド・グレードは走り出した。

◇◇◇

「動くな。次はその目を焼く」

「ハァ……ハァ……！　クソッ、なんで魔導師のガキがこんなに動けるんだ……！」

爆発音のあった場所に向かう途中、追っ手を振り切りながら人混みを掻き分けて走る黒装束の男を発見した。

通行人に危害が及ばないよう注意しながら追跡し、ようやく人通りのない路地に入ったところで魔法を放った。魔導具によって何度か防がれたものの、魔力量で押し切った。

召喚術を使いはしなかったが、相手も一端の実力者のようだった。

「相当な数を盗んだようだな。しかも、どれも魔力を溜め込む物ばかり……何が目的だ？」

「やめろ！　その汚い手で邪神様の供物に触るなッ！」

「邪神……？　お前、邪教の信者か？　まだ活動していたとは……」

隣国スラヴァとの大戦が表面上の落ち着きを見せ、少しずつ人々の暮らしが安定してくるにつれ話題に上るようになった邪神を信仰する団体。

しかし年月が経ち、神官を自称する幹部達が捕らえられた事で急速に衰退し、ここ数年は噂を聞く事も稀になっていた。

既に解散したか、自然に消滅したものだと思っていたが……。

「馬鹿が。『まだ』じゃない。俺達は始まったばかりなんだ。そして、もうじき終わる」

「気の触れた人間の戯言に付き合うつもりはない。檻の中で壁に向かって喋っていろ」

「本当に何も分かってないんだな。数日前に邪神様は一度この世界に顔を出されている。もう終わるんだよ、この世界は」

「数日前……」

狂信者の妄言。本来であれば聞く価値のない、耳を傾けてはならない言葉。

しかし、そう一蹴してしまうには違和感の残る、どこか気に掛かる内容であるように思えた。或いは、心当たり。

強盗犯の男は言葉を続ける。

「あの日、邪神様は狂気と恐怖を振り撒いて俺達に教えて下さった。常日頃から祈りを捧げていた俺達だからこそ気配を察知する事ができた。耐え忍びながらも続けてきた教団の活動は正しかったのだと、今こそ顕現するための供物を捧げよと、そう仰ったのだ！」

「それで、盗みか。お前達の言う邪神とやらは随分と小さい事を指示するんだな」

「黙れ。消滅する世界の法になど微塵の価値もないと分からんのか。俺達はもう隠れない。

耐え忍ばない。儀式の準備は既に整いつつある」

事実なのか、それとも妄想を信じきっているのか。自分達の情報を一切隠そうとしない男の様子からは、既に目標を達成し、未来が確定しているという自信が感じられた。

ありもしない救いに縋り付き、古い書物のでたらめな記述に騙され、呪いを行使したり不吉な存在を呼び出してしまう事件は近年でも僅かながら発生している。

世界が滅亡するなどという与太話は信ずるに値しないが、そういった事例に当てはまるのであれば強い警戒が必要だ。

（邪教の実態を暴く必要があるな。家に話を持ち帰って、組織的に対応を……）

家を出ておいて数日で戻るという行為には抵抗があるが、そんな事を言っていられる状況ではない。民を守る剣として、貴族としての役割を全うしなければならない。

そう考えていた時だった。

『――縺ｯｼ?………蛻?｡繧翫∪縺励……縺ｫ鄂ｮ縺……蠖ｱ縺ｧ繧ゅ%繧――』

「ッ……!?　この感覚は……!?」

頭を殴られたような衝撃。肌が粟立つ感覚と、心臓を握り潰す重圧。そして本能の警鐘。

この世界にとっての異物が、絶対に地上に顕現させてはならない致命的な何かが町中に舞い降りたという確信めいた予感。

「……は。……はは……邪神様だ……っ！　邪神様が再び顕現して下さった！　みろ、邪神様は俺の行動が正しかったのだと肯定されている！」

「この気配……これが邪神……なのか……？」

「……お前もこの狂気を感じるのか？　降臨した邪神様の気配を感じ取れるのは、我々のように日々祈りを捧げてきた強い信心を持つ者だけだと聖書には書いてあったのだが……」

「信心？　違う、これは……」

これは恐らく──経験。

知っている。この狂気の主と対峙した事がある。だからこそ自分は気配を感じ取れる。それを裏付けるのは曖昧な記憶の欠片。精神の崩壊を防ぐために本能が封印した、或いは切除した記憶の一部分。

邪教の男が言った、他の人間がこの気配を感じないという言葉は恐らく事実なのだろう。誰しもがこれを認識しているのなら、既に王都は絶望と混乱の最中にある筈だ。

だが、そうはなっていない。強盗があった事による喧騒が遠くから聞こえているだけで、町は今も静かなままだ。

「まぁ、いい。ならばお前にも分かる筈だ！　邪神様がすぐ近くに御出でになっているという事が！　この袋小路の世界を破壊して下さるという事が！　あぁ邪神様、私はここにおります！」

大きく口元を歪ませ、男は歓喜の表情で叫ぶ。

このまま情報を得るために喋らせておくか、近隣住民に不安を与えないよう黙らせるかを悩んでいたところで、変化はすぐにやってきた。

「もうこれ以上お待たせする訳にはいかん！　一刻も早く儀式を執り行い、邪神様をこの世に正式にお迎えしなければ……ア……ひ！　がッ……！」

「？　おい、どうした！」

「なん、だ。これは……？　違う、こんなもの……っ、ではない！　来るな……来るなあああああぁ‼」

突如男は何かに怯え、背後の壁に頭を衝突させながら首を、胸を、地面を掻き毟り、血だらけになった両手を己の口に押し込んだ。続けて全身を痙攣させながら口内の異物を掻き出すような動作を繰り返すと、ついには白目を剥いて脱力する。

急いで状態を確認したが呼吸はしており、どうやら失神しただけのようだった。

「邪神の影響を受け過ぎた、のか……？」

長年に亘って祈りを捧げ、邪悪と狂気に対する感度を研ぎ澄ませていたであろう邪教の信者達。

この男は正にその気配を強く知覚し、精神が耐えきれず狂ってしまったのだろうか。

気付けば不吉な気配は消え去っており、重く停滞していた空気も元に戻っていた。止まっていた時がゆっくりと動き出すような感覚。

「邪教……か」

状況とは不釣り合いな、美しく澄んだ空を見上げて思う。

男の話はどこまでが本当なのか。

他の信者達が同様の事件を起こすのではないか。

(それを確かめるためにも、やはり奴(やつ)らを野放しにはできない。まずは家に報告して、多少強引にでもこの男に尋問を……)

やるべき事とその順序を脳内で組み上げていく。立ち尽くしている時間など一瞬たりともありはしない。

目を閉じて息を吐き、もう一度前を見る。

先ほどまで心中を支配していた虚無感や無力感は完全に消え去り、胸の内には確かな火が灯(とも)っていた。

13　博打（ばくち）黙示録ヘレシー

「あっ、ここで駒を動かした後にあえて装備を外せばいいんじゃないかな？　これは……ゲームの必勝法を見つけてしまったね……！」

やあ、僕の名前はヘレシー！

小さい頃に呼び出した召喚獣のおかげで召喚師としての素質を認められた僕は、少し前からあの有名なメイユール王立召喚師学園（おうりつしょうかんしがくえん）に入学して召喚師になるべく頑張っているんだ！

買い物を終えて寮に戻って、今はベッドに腰掛けながら買ってきたボードゲームで遊んでいるところ！　これは最初に各自でデッキを構築して、それを使いながら盤上に並べた駒を動かして遊ぶ二人用のゲームなんだけど、帰り際（ぎわ）に見つけた露天商のおじさんの熱意に負けてつい買っちゃったんだ！　王都で驚くほど流行（はや）ってて、他に類を見ない程に面白くて、ルールを知っているだけで友達が百人単位でできる最高のゲームらしいよ！　買うしかないね！

こういう頭を使うゲームは故郷にもあって、地面に印を描いていく遊びをよくハッピーと楽しんでいたんだけど戦績は芳しくなくて負け越してるよ！

村のお爺さんやお婆さんと勝負する時は心穏やかに接待したりされたりできるんだけど、やっぱりハッピーみたいな親しい相手との勝負だと熱くなっちゃうよね！　幼馴染として、家族として、男として負けっぱなしじゃいられないよ！

だからこうして彼女と対戦する前にゲームのコツを掴もうと研究してるってわけ！　ルールの穴を利用した革新的な戦術を思いついちゃったから、試しに今からハイドラと遊んで練習しようかな！

ハッピーはまだ見ちゃ駄目だよ！　君に勝つための特訓だからね！

『√■繧？▲繧ｺ繝縺上→縺？（それ、ズルくないですか……？）』

「ヘレシー！　ヘレシーはいるかしら！　いるわよね！」

早速ハイドラに声を掛けて……と思ったけど、どうやら先に来客の対応をしないといけないみたい！　最近、というか出会って以来かなりの頻度でレティーシアが来訪してる気がするんだけど、君もしかして暇だったりする？

「どうしたの、そんなに急いで」

「もう限界だわ！　はやくこの身体を慰めて頂戴っ！」

「うわ速」

部屋に入ってきたレティーシアが一瞬で距離を詰めて腕に抱き着いてきたよ！　動体視力は悪くないから見えないって事はないんだけど、ゲームの駒がバラバラになったら困るから体当たりするのは遠慮してほしいな！

彼女の身のこなしが軽やかなのは、きっと召喚術だけじゃなくて武術も嗜んでいるからだろうね！　貴族の人は多芸で羨ましいや！　その分苦労もしてるんだろうけど！

「はぁ……恐怖が溶け出して……身体が悦んで……ん……」

「ええ……」

レティーシアが僕の腕に全身を絡めるようにして身じろぎしてるんだけど……相変わらず言葉選びも最悪だし、女性として全く褒められる姿ではないよ！

そのままレティーシアは僕の腕に顔を押し付けて、何度か深呼吸を繰り返した後に顔を上げてその蕩け切った表情を見せてくれたよ！　顔ヤバいって。

「壊れる寸前まで追い込まれた心が、貴方の温もりで満たされて……あ、これ……すごいわ。今日は長く我慢したから、かしら……快感が強くなって……頭の中に電流が走るみたいに……すぅ、はぁ……万病に効く……」

「……」

きも……じゃなかった、えっと、何て言えばいいのかな。悪いけど適当な言葉が出てこないや！　この姿を見たらご両親が悲しみそうだなっていう感想だけは出てくるんだけど！

僕が引いてる内にその元凶が静かになってきたから、頃合いを見て話を訊いてみる事にするよ！

「そろそろいい？　一体何があったのさ」

「簡単な話よ。貴方、日中にあの召喚獣を呼び出したでしょう」

「あー」

なんかこっちが原因だったっぽい！　昼間のハッピーの姿は誰にも見られてなかった筈だけど、やっぱり面識あるとそういうのも感覚で分かるようになるんだ？

そういえば最初にパン屋のお爺さんがハッピーを見て倒れた時も、目が覚めた後から彼女がいる方向を見て怖がるようになったんだっけ。他にも村人から距離を取るようになったり、自分で作ったパン以外を食べなくなったり色々と大変だったなぁ。

「怖くて、苦しくて、逃げ出したくて……すぐに貴方を探したのだけれど、寮にいないようだったから部屋の前に見張りを置いて屋敷に戻ったわ」

「見張り……あぁ、あの人」

帰ってきた時に部屋の前にいた女の子、レティーシアの家の人だったんだ？　ガチガチに武装してたし学園の生徒じゃなさそうだとは思ったけど、やけに疲れた顔をしてたから声も掛け難かったんだよね！　あれ絶対本来の仕事内容じゃないでしょ。

「だけど、もう大丈夫よ。ありがとう。貴方のおかげで落ち着いたから……あっ、まだ少しだけ不安だから頭を撫でてほしいわ。不安だから仕方がないわ」

「せめて不安そうな顔で言ってほしいんだけど……女の子の髪に気安く触れるのは良くないからやめておくよ」

「……まさかの反応ね。どうして変なところだけ常識的なのかしら。変なところだけ」

「故郷では常識人で通っていたからね。ハッピーのおかげで女の子との付き合い方はバッチリさ」

『?滂ゞ滂（?･?･?･）』

あと村の大人達からも色々と教わってきたからね！　「女子の髪や頭には気安く触っちゃいかんぞ。殺される」っていうのは武器屋のお爺ちゃんからの言葉だよ！

『縺遺ｧ窶ｧ縺空c縺ゅ√＞縺縺九･i縺矩?縲呈牒縺縺ｧ縺縺ｧ縲（え……じゃあ、いつからか頭を撫でてもらえてないのって……）』

もちろんその助言があったからだよ！　ハッピーがいないタイミングで「男同士の話を

しょうや」とか言われた時はビックリしたけど、今となってはその情報提供に感謝しているよ！　家族や知り合いに失礼な態度は取りたくないからね！

『窶ｦ窶ｦ縺ゅ?縺絢?縺輔ｓ縺縺縺⁉雁悄逕縺ｯ雋ｷ縲上↑縺上縲（あのお爺さんへのお土産は買わなくても良さそうですね……）』

いや、入学祝いも貰ってるんだし、それくらい買って帰ってあげようよ……。

そんな風にハッピーと頭の中で会話していると、レティーシアがブツブツと小声で何かを呟いているのが聞こえてきたよ！　ちょっと内容を聞くのが怖いんだけど、聞き逃すのはもっと怖いから耳を澄ませてみよう！

「ここで諦めるにはあまりにも惜しいわ。どうにか彼の認識の穴を突いて頭を撫でてもらえるよう誘導できないものかしら……」

「レティーシア？」

「貴族の風習や慣例には疎いようだから、そこを利用すれば大体の要求は通せる筈。ついでに色々と言質も取れば家に引き込む事だって……」

「レティーシア……？」

何かを企むのは結構だけど、無知な田舎者にそういった搦め手を仕掛けようとするのは人としてどうかと思うよ！　貴族は当然ながら交渉術にも長けているだろうし、主導権を握られると簡単に素寒貧（すかんぴん）にされそうで怖いね！

　入室時と比べて精神も安定したみたいだし、変に話を切り出される前に帰ってもらって……いや、待てよ……？

　この状況、使えるかも知れないね……！

「あのさ、レティーシア。召喚師が相手に何かを求めるなら、その交渉材料は摑み取った勝利であるべき。違うかな？」

「……！」

　そう、僕は閃（ひらめ）いたよ！　今の状況を利用して、レティーシアにゲームの練習台になってもらおうってね！

　ハッピーに勝つためにハイドラと遊びながら特訓をしようと思ってたけど、どうせならハイドラにも最初から勝って契約者として頼り甲斐（がい）のあるところを見せたいもんね！　レティーシアにはその為（ため）の礎（いしずえ）になってもらうよ！

「……分かったわ、場所を変えましょう。前に貴方が言っていた、授業で呼び出した召喚獣での決闘で構わないわね？」

「違うよ。ゲームだよ。これ、今日買ってきたんだ」

「ゲーム？」

瞳に闘志を滾らせているところ悪いけど決闘なんてするつもりはないよ！　その条件だとハイドラとコン子さんが戦う事になる訳だけど、相手のコン子さんが普通の召喚獣と同じ立場で勝負してくれるとは思えないからね！　絶対大人げない事してくるって。

　その点、このゲームは理不尽な要素なんてない知的戦略ゲーム！　実力のみが物を言う真剣勝負！

　さっき買ってきたゲームの対戦相手になってほしい旨を説明すると、レティーシアは口元を手で隠しながら頷いてくれたよ！

「……成る程。それで勝負して、私が勝てば何だって言う事を聞いてくれる。そういう事ね」

「何でもとは一切言ってないけど、まぁ趣旨としてはそうだね。付き合ってくれる？」

「ええ。こちらからもお願いするわ」

　上手く話を運べたね！　さっき考えた最強の戦術が対人戦で通用するのかを最終確認して、召喚獣達との本番に備えよう！

　あっ、ハッピーは今からのゲームも見ちゃ駄目だからね！　また別の日に正々堂々と勝負しよう！

『雎？ｽ邵ｲ？ｽﾞ？遯（正々……堂々……？）』

「ところで、貴方はこのゲームを今日買ったばかりなのよね？　その……大丈夫なのかしら。よく似たゲームの経験があるとか」

「いや？　こういうゲームは初めてだね。でもルールならバッチリ覚えたよ！」

「……私は五連勝が条件でいいわ。貴方は一度でも勝てば勝ち。もし貴方が勝てたのなら、何でも好きなものを要求してもらって結構よ」

「えっ」

これ、もしかしてやらかした？　レティーシアってこのゲームかなり得意だったりする？

……あっ、なんだかボコボコにされる未来が見えたかも！　五連敗した上に金銭なんて要求されたら村ごと持って行かれちゃうよ！　話の流れで賭け勝負をする事になっちゃってるけど、ここは一旦条件を白紙に戻した方が身のためだろうね！

「あのさ、やっぱり——」

「現金は受け取り難いでしょうし、貴方が勝った時には……町の飲食店で使える無料券なんてどうかしら。どこの店でも、何度でも、無期限で使える切符をクレセリゼ家が用意するわ」

「——え、無料？　どこのお店でも？」

「ええ」

「何回でも？　無期限で？」

「その通りよ」

「……」

リスクとリターンを天秤に掛けて、必要な時にしっかり勝負できるのが真の男ってやつだよね！

◇　◇　◇

「4―3に魔導兵を移動させて、魔力トークンを消費して5―2に魔法陣を設置するわ」

「……」

「最後に竜騎兵の向きを西側に変えて、先手の野伏を発見状態にして終了よ」

「……」

ハッピー！　ハッピー助けて！　序盤からずっと苦しい！　窒息しそう！

『邵阮呻檎ｸ?ｲ奸?壺?邵?ｽｽ笘?ｹｧ菘晢鍋ｸｺ?邵ｺｺ蛶??ｹｧ雋榑楢?ｽｹ邵ｺ蜷ｶ?狗ｹｧ?郢?郢?（これ、どうすればいいんでしょう……召喚師の魔力を回復するカードが足りないんですけど……?）』

レティーシアが想像の二十倍くらい強いよ！　十分な助走を取った上で過去の自分を殴り飛ばしたい気分だね！

ちなみに魔力回復用のポーションは構築段階でデッキから抜いちゃってるよ！　終盤になる前に一気に押し切れる算段だったからね！　アハハ！

『縺縺ｿ縺ｧ縺？（つみです……）』

「し、召喚師を一旦後ろに下げて……」

「そこに下げると貴方（あなた）の破城槌（はじょうつい）が迂回（うかい）する事になるけど大丈夫かしら。これ以上そっちの行軍が遅れると私の攻城兵器が間に合ってしまうわ」

「……」

これ、今からみっともなく駄々こねたら条件を白紙に戻せたりしない？　無理？

14　男の信念

「おはよう。既に全員知っていると思うが、先日魔導具店への強盗と奴隷を狙った組織的な盗みがあった。どれも王都内での事だ」

やあ、僕の名前はヘレシー！

昨日レティーシアにボードゲームでボコボコにされつつも素質を認められた僕は、彼女へのリベンジを今後の目標として定めつつあの有名なメイユール王立召喚師学園に通っているんだ！

今は学園内の闘技場でイーガス先生の話を聞いているところ！　強盗っていうのは昨日の買い物中に見たあれの事でいいのかな？　あんまり後先とか考えてなさそうな犯行だったよね！

「詳細は調査中だが、関連する事件に生徒が巻き込まれる、または直接狙われる可能性が十分にあるというのが学園の考えだ。そこで、この国の未来を担う召喚師である諸君らを守るべく学園側でも護衛や警邏に一部の人員を割く事になった」

へー、思ったより大事になってるみたい！　昨日のあれが王都の日常風景じゃなかったみたいで安心したよ！

学園の人が護衛や警邏をしてくれるっていうのも凄い待遇だね！　貴族層に向けたアピールだったりもするのかな？

「これはあくまで一時的な対応だが、それでも全員に護衛を付ける事はできん。そこで、今日は諸君らの自衛能力を確認するために召喚獣を使わず模擬戦を行ってもらう事にした。召喚獣の能力に関しては既にある程度記録しているので、残った召喚師本人の力を確認する事で総合的な自衛力を割り出そうという訳だ。それらの情報から優先度を決定して効果的に人員を配置していく。家が大きく十分な戦力の護衛が既にいる者も、今後の授業の参考にするため今日の模擬戦には参加してもらう」

へー！　今日の授業では召喚師本人が戦うみたい！　召喚師学園なのに？　そんな事ある？

闘技場に集まった時点で嫌な予感はしていたんだけど、この内容は流石に予想できなかったよ！　毎日に刺激があるなぁ！

「模擬戦は武器を用いた実戦形式で行い、召喚術以外の魔力操作を要する技術――魔法や戦技も使用可能とする。ただし、十分な余力が残せる範囲でのみ使用すること」

なんか武器とか戦技とか言ってるし、いよいよ召喚術と関係ない話になってきたね！

僕は武器の扱いなんて素人（しろうと）だし、戦技は魔法と違って戦いの技術を再現するものだけど結局魔力を使うから扱えないよ！

状況が状況なのは分かるけど、流石のクラスメイト達もこの授業内容には戸惑ってるんじゃないかな。召喚師になるために学園に入学したのに、直接武器を振るうなんて……。

「うおおおお模擬戦！　模擬戦！」

「きたきたきたきた！」

「王国剣術最強！　王国剣術最強！」

あ、これ僕が少数派なんだ！　アハハ！

「では、今から二人ずつ中央に出て手合わせを行ってもらう。これはあくまで自衛能力を確認するための特別な行いであり、勝敗が成績に影響するような事はない。誰か最初に名乗り出る者はいないか？　好きな相手を指名していいぞ」

「先生、ここは私（わたくし）が」

「レイチェルか。いいだろう」

この先クラスのノリに馴染（なじ）んでいけるのか、本当に馴染んでも大丈夫なのかを考えている間にも先生の話は進んで、いよいよ模擬戦が始まるみたい！

勢い良く手を挙げたあの女の子は、レティーシアとコン子さんが契約した直後に召喚に臨んでいた子だね！　確か契約したのは中型の狼(おおかみ)さんだったかな！　黙っていればクールに見えるレティーシアと違って、レイチェルさんはイメージ通りに貴族貴族してる感じのお嬢様ですわよ。

「私は……レティーシアさんとの対戦を希望しますわっ！」

「おお、なんと……」

「すごい……」

そのお嬢様がレティーシアとの戦いを希望して、他のクラスメイトはその事に驚いてるね！　格上への挑戦を讃(たた)えて……というよりは、単純にレティーシアに戦いを挑んだ事自体に注目してる感じかな！　もしかしてレティーシアって友達少ない？

「ええ、私は構わないわ」

「感謝します。あれから積み重ねた研鑽(けんさん)と修練……今日こそこのレイチェル・アレミナが、努力が才能を上回る事を証明してみせますわ！」

「なんだか久々ね。貴女(あなた)とのこういうやりとりも」

お嬢様の挑戦をレティーシアが受けた形だね！　お互い過去に競い合った口振りでありながら、確執を感じさせないスッキリとした関係性が垣間(かいま)見(み)えるよ！

お嬢様の努力がレティーシアの才能を上回るか、みたいな話をしているようだけど、レティーシアも勉学に限らず相当な努力をしてると思うよ！　言いたい事は分かるけどね！

模擬戦用の装備置き場から、お嬢様は両手持ちで頭の小さいハンマーを、レティーシアは首から下を覆い隠す大盾を選んで取ってきたよ！　なんか初っ端から尖ってるなぁ……。

まぁ、ただの模擬戦だし好きな武器を使ったらいいとは思うけどさ、あんまり参考になるような試合運びにはならない気がしてきたね！

「よろしくお願いいたします！　【アクアショット】！」

「ええ、よろしくお願いするわ。【アンチ・アクアマジック】」

「【サンダーアロー】！」

「【グランドフィールド】」

二人の模擬戦が始まったよ！　まるで魔導師同士の戦いみたいだぁ……。

クラス全員がこういう戦い方なんだとしたら、僕もレティーシアみたいに盾を持った方がいいかも知れないね！　魔法を防ぐ手段が無いと勝負にすらならないよ！

「【ブレイズマイン】！　いきます！」

相手の側面に回り込むタイプの炸裂魔法を複数放ったお嬢様が、それに追い付くように強く踏み込んで間合いを詰めにいったよ！

あのハンマー、当たり方によっては洒落にならない威力になると思うんだけど、頭に直撃でもしたらどうするんだろうね？　レティーシアの家にはお抱えの治癒師がいるとは聞いてるけど、実際に怪我させたら当事者達よりもっと上の方で問題になったりしない？

そういうリスクもあって彼女に戦いを挑もうとする人が少ないのかな？　お嬢様には是非ともこのままレティーシアの友達でいてあげてほしいね！

「【アイスウォール】」

「！　それを待っていましたわ！」

炸裂魔法とお嬢様に挟撃される形になったレティーシアが氷の壁を周囲に展開して、それを見たお嬢様がむしろ勢いを増して一直線に氷壁へと向かっていくよ！　なるほど、独特な武器選びだと思っていたけど、こうして守りに入ったレティーシアの氷を壊すためのハンマーだったんだね！

透明度の低い氷が邪魔でレティーシアの様子が確認できないけど、それは向こうも同じだろうし不意をついた一撃を入れるチャンスだね！　本当に一撃を入れちゃっていいのかは別として！

「覚悟っ！　はあああっ！」

明らかに頭部を狙った高さに振り下ろされたハンマーが氷壁を捉えて、衝突点を中心に深い亀裂が生まれた瞬間、氷の内側に大きな黒い影が浮かび上がったよ！

「【衝撃（インパクト）】」

「なっ⁉　うぐ……きゃあっ⁉」

お嬢様の攻撃を読み切ってか、レティーシアが完璧なタイミングで大盾を氷壁に叩（たた）きつけて、内部から氷を粉砕しつつお嬢様を弾（はじ）き飛ばしたよ！　氷壁は防御用というよりは囮（おとり）や目眩（めくら）ましだったのかも知れないね！

大盾で強く打ち据えられたお嬢様は何度か床を跳ねながら転がっていったけど、すぐに体勢を立て直して魔法を構えたよ！　根性あるね！

「あ、【アクアショット】……！」

「【滑歩（スライドステップ）】」

「……⁉」

なにあれ。レティーシアが氷の上で踊るみたいにスルスルと移動していくよ！　大盾を構えた女の子が物理法則を無視しながら優雅に床を滑っている姿に頭が追い付かなくて混乱するね！

咄嗟（とっさ）に放った魔法も避（よ）けられて、お嬢様もハンマーで防御姿勢をとったまま固まっちゃってるよ！　自分に向かって金属の塊が高速で迫ってくるとか普通に怖いよね。

「き、今日は勝ちを譲りますが、私は決して諦めませんわっ！　いつの日か――」

「【衝撃(インパクト)】」

「みゃっ！」

あ、飛んだ。最後まで言葉を紡(つむ)ぐ事さえできずこっちに転がってくるお嬢様を見てると何とも言えない悲哀を感じるね！

友人相手でも決して手を抜かないレティーシアの誠実さは美徳だと思うけど、こうも圧倒的だとクラスメイトから引かれたりするんじゃないかな？　同じ学び舎(まなや)で顔を合わせる仲間だからこそ、お互いを尊重した歩み寄りが必要だと思うよ！

「流石はレティーシア様。必要以上の手の内を見せずに勝利するとは……これは深いぞ」

「楯突(たてつ)く者は徹底的に。やはりメイユールの貴族はあのように誇り高くなければな」

あ、なんか深くて誇り高い行いだったみたい！　もう基準が分からないって。

僕も少しは慣れてきたつもりだったけど、貴族の人達の考え方を真に理解するにはまだ幾つもの壁を乗り越えないといけないみたいだね！

「うっ。げほっ、げほ……っ、また……届きませんでしたわ……！」

お貴族サマの思考の崇高さに圧倒されていると、足元に倒れ伏していたお嬢様がゆっくりと動き出したよ！　見たところ外傷は無さそうだけど、頭を打ってたら大変だし声くらいは掛けておこうかな！

『蜑阪↑譚鷹聞縺輔ｓ縺ゅ↑∴黒縺ｫ縺」譚代↓驟」縺梧綾縺輔ｌ繧矩俣縺ｫ閾ｪ蛻↓ｰ縺蛾?ｭ繧剃ｽ薙▲縺ｦ驥榊す縺ｧ蛾?ｫ縺呈（前の村長さんも、捕まって村に連れ戻される間に自分から頭を打って重傷でしたもんね……）』

あれ凄かったよね！　再会したら顔が変わってたからビックリしたよ。どうにか今生から逃げようとしたんだろうけど、それなら最初から盗みなんてしなければ良かったのにね。

「えっと……大丈夫？　随分と派手に吹き飛んでたみたいだけど」

「ええ、ありがとう。ですが問題ありませんわ。意識もこの通り。目標として……ライバルとして……いつか彼女を越えてみせますわ……！」

真っ直ぐ立ち上がって己の無事をアピールしてみせたお嬢様は、レティーシアの方を見ながら気丈に笑ったよ！　その不屈の精神は僕も見習っていきたいね！

お嬢様は直接戦闘で、僕はボードゲームで、どちらもレティーシアに挑む立場なのは同じみたいだ！　僕の知らない癖や弱点を教えてもらえれば勝利に大きく近付くだろうし、ここは是非とも協力関係を築いていきたいところだね！

◇　◇　◇

「おー、すごい猛攻だね」

「マリードさんの長所はあの素早さですわ。あれは決まったでしょうね」

お嬢様とレティーシアの戦いが良い刺激になったのか、以降も次々に見応えある模擬戦が行われていったよ！　すっかり見世物でも眺めるような感覚で観戦していたんだけど、残りの人数も減ってきたしそろそろ自分の事も考えないといけないね！　ペアが組めなくて困ってそうな子が近くに座ってるからお願いしてみようかな！

「おい庶民！　俺と勝負しろ……っ！」

「ん……？　あー、君かぁ」

視線が交わった近くの子から綺麗に目を逸らされたところで、横から聞き覚えのある声が近付いてきたよ！　この男の子はあれだね、ジェイド君の取り巻きの一人だね！　名前は確か……カイゼル君だったかな？

校舎裏ではコン子さんに変な影響を受けちゃってたようだから心配していたんだけど、今ではすっかり元通りみたいで安心したよ！

「俺が勝ったらジェイド様について知っている事を全て吐け。……そして、あの校舎裏で会った女性を紹介してくれ……！」

「……なんて？」

あ、元通りじゃないね！　多分コン子さんの影響が残ったままだね！　可哀想に！

これって法的にも色々と問題のある状態だと思うんだけど、契約者であるレティーシアの責任問題になったりしないのかな？　クレセリゼ家の発言力で握り潰される？

「分かっている。あの女性はレティーシア様の召喚獣なのだろう。だから、こうしてお前に話を持ち掛けているんだ」

「いや、契約者に直接言った方が早いと思うんだけど……」

「馬鹿が。レティーシア様の召喚獣だぞ？　俺なんかが下手に近付いて妙な誤解でもされようものなら家ごと潰されかねん。無論こちらに下心などない。下心などないが……向こうがどう感じるかは別の話だからな」

「まぁ、何事も受け手の気持ちが大切だよね」

「そこでお前だ」

「どこで僕？」

ちょっと考えが読めないんだけど、重大なリスクを認識しながらも気持ちが抑え切れていない時点で平常心を保てているとは思えないよね！　今度コン子さんに治してもらえるよう頼んでおくよ！

「不自然にならない程度に俺を紹介するだけでいい。別に、あの女性に俺と契約するよう言い寄ったりするつもりはない。ただ、どこかで顔を合わせた時に軽い話ができる程度の仲にはなりたい。彼女が町で単独行動をしている姿を見た時に、強くそう思ったんだ」

「へー」

……なんだか話を聞いていると体がむず痒くなってきたね！

まるで恋する少年の青春物語みたいになってるけど、実態としてはコン子さんの魅了的な効果が抜けてないだけだろうからここで変に後押ししちゃうと後でカイゼル君が大変な事になりそうで怖いね！　召喚師は希少だから簡単に消される事はないだろうけど、歴史の裏側に回される可能性は十分にあるよ！

ただでさえジェイド君が出席してこなくなっちゃったのに、この短期間で更にもう一人いなくなったらクラスに悪い奴でもいるのかと思われちゃう！　なんとかカイゼル君にコン子さんを紹介しなくてもいいようにして、彼の未来とクラスの評判を守ってあげよう！

「うーん……話は分かったけどさ、勝った時の要求が二つもあるのは欲張り過ぎだよ。君にとって本当に必要な方だけにしてくれないかな」

「ぐっ……なんて卑怯な……」

いや、そんな理不尽な条件を出されたみたいな顔されてもね。そもそも僕、君の話に乗ってあげてる側なんだけど……？

「…………ならば比べるまでもない。ジェイド様の情報を教えろ」

「まぁ、そうなるよね。分かったよ」

おー、意外に冷静。ジェイド君の取り巻きとしての自覚が見て取れるね！　なんだかやけに考え込んでいたのは見なかった事にしておくよ！

これで勝っても負けてもコン子さんを紹介しなくて良くなったし、未来ある一人の若者を救う事ができたね！　善行を積むと気分がいいなぁ！

実際は何も知らないジェイド君の情報を空売りできたのも素晴らしいよ！　これがコン子さんの言ってた上手な交渉術ってやつかな？　あくどいね！

「あ、そうだ。君が負けた時には僕も教えて欲しい事があるからよろしくね」

「はぁ？　馬鹿にするのもいい加減にしろ。そんな事は万にひとつもありはしない」

「まぁまぁ。そういう条件を付けた方がきっと盛り上がるよ。一方的な勝負じゃ君だって面白くないでしょ？」

「……フン、いいだろう。大口を叩いた事を後悔させてやる」

こっちから出した条件も快く応じてくれたよ！　学園長代理もそうだったけど、貴族の人って最初に噛(か)み付いてくるのを受け流せば案外普通に話せるよね。野生動物かなにか？

ちなみにもし僕が勝ったら例のボードゲームのコツを教えてもらおうと思っているよ！

流行ってるゲームらしいしカイゼル君もやってるよね？

「行くのね。貴方の剣がレティーシアさんに届き得るものかどうか、同志としてしっかりと見させていただきますわ」

「いや、そんな目線で見なくていいから……」

　隣で話を聞いていたレイチェルさんが変な事を言い始めたんだけど、もしかして僕も一緒に剣や魔法でレティーシアと戦うって思われてる？　ボードゲームで勝ちたいんだってさっき説明したよね？

　これが貴族ジョークなのか、それとも僕の話を全く聞いていなかったのか判断が難しいね！　丁寧に説明してボケを殺しちゃうのも悪いし、ここは触れないでおこうっと！

「カイゼルの相手は……ヘレシーか……？　カイゼルよ、その者が魔法を使えない事は知っているな？」

「はい。こんな奴を相手取るのに魔法など必要ありません。剣技のみで圧倒してみせます」

「ならば良し。始めるがいい。ただし、あくまで自衛力を確認するための模擬戦だという事を忘れるな。ヘレシーは勝敗に拘らず負傷しないよう注意して取り組むように。今のところ、護衛はお前に優先して付けようと考えている」

ペアになった事を先生に伝えに行くと、何故(なぜ)かカイゼル君まで魔法を使わない流れになったよ！　ラッキー！

あとなんか護衛の人も付けてくれるみたい！　せっかく護身用に買った鎌の出番が完全になくなっちゃいそうなのは少し残念だけど、安全より優先される事なんてないもんね！

「武器は……どうしようかな」

模擬戦用の装備置き場に行ってみると、一般的な物の他に結構珍しい武器まで用意してあったよ！　でも農具はなさそう！

故郷で害獣駆除をした時の印象だと、人型の生き物に対しては鍬(くわ)がやりやすいと思っていたんだけど……うん、もう適当な重さのある棒ならなんでもいいや！　この両手剣とか長くていいいんじゃない？

「……ふん、両手剣か。型を修めているかも怪しい素人(しろうと)がどうやって扱うのか見物だな」

「型……型ね……」

ないよ！　そんなの！

害獣駆除のコツと一緒に武器の扱い方についても自称門番のお婆(ばあ)さんから教わった事だけはあるけど、あの人感覚派過ぎて何を言ってるのか本当に分からないんだよね！

『縺ゅ?隱ｬ譏弱?∫ｧ√?邨先ｧ九◆繧√↓縺ｪ繧翫∪縺励◆縺代←蠖ｱ蠖ｱ莉雁ｺｦ縺ｫ縺

『(あの説明、私は結構ためになりましたけど……今度ふたりで練習しましょうか？)』

助かるよ！　ハッピーは僕より道具の扱いが得意だし、今後もこういう機会がないとは言い切れないからね！

ちなみにカイゼル君が選んだ武器は使いやすそうな長剣だったよ！　他のクラスメイトも同じ得物を使っている人が多かったし、あれが王国剣術の基本なんだろうね！

「初手は譲ってやる。好きに打ち込んでくるがいい。それが開始の合図だ」

闘技場の中心に移動して向かい合うと、カイゼル君はどこかで聞いたような言葉で僕に先手を促してきたよ！　流石はジェイド君の取り巻きをやってるだけの事はあるね！

じっと剣を横に構えてるみたいだけど……まさか一発目は避けずに受けるつもりなのかな？　こっちは両手剣だから結構な重さがあるのに、随分と防御に自信があるんだね！

「じゃあお言葉に甘えようかな。いくよー」

両手で剣を天高く掲げながら一歩ずつ近付いてみても、カイゼル君は僕の隙を突いてくるような事もなく立ち止まったまま！　男気すら感じる不動っぷりだね！

「お前……なんだその滑稽な構えは……」

「おい見ろよ、あの庶民の剣の持ち方！」

「ハハハハ。本当に何も知らないんだな。……大丈夫なのかあいつ」

「子供用の武術教本から読ませた方がいいんじゃ……」

僕の隙だらけの構えを見たカイゼル君やクラスメイト達が呆れて……というか心配されちゃってない？　少なくとも競い合える実力を持った相手とは思われてなさそう！

これ半分学園デビュー失敗してるでしょ。

「俺が剣の振り方というものを教えてやる……！　来い、庶民ッ！」

「はいはい」

大きく踏み込めば攻撃できそうな距離になったから、掲げた両手剣はそのままに一息で距離を詰めてカイゼル君の腹部に蹴りを叩き込んでみたよ！　彼が視線を上に向けてたからつい足が出ちゃったけど、好きに打ち込んで来いって言ってたし問題ないよね！

「ぐ……ッ⁉　がは……っ！」

突き刺した足を前方に振り切ると、カイゼル君は構えていた長剣を手放しながら吹き飛んでいったよ！　これで試合開始って事でいいんだよね？

自称門番のお婆さんが「血が出る生き物は腹を刺せば死ぬ。朝にジワッてなる感じ」って言ってたし、カイゼル君は血が出る生き物だから腹部に追撃しよう！

「ゴボ、ごほっ……エ、【エアフィールド】……！」

「おっと」

両手剣を持ち直して跳び上がったところでカイゼル君が発動させた魔法にぶつかっちゃったよ！　透明な空気の層に阻(はば)まれて全然前に進めないんだけど何これ？　魔法って本当に不思議だなぁ。

こうなると僕はもうお手上げだよ！　召喚獣のいない召喚師なんてこんなものだよね！

「ふむ。魔法を使ってしまったようだが……どうする、カイゼル。まだ続けるか？」

「ッ……いえ、俺の負けで構いません。しかし……クソッ、なんて卑怯な奴なんだ……」

あ、降参してくれた。なんだか消化不良だけど勝ちは勝ちだし、これで知りもしないジエイド君の情報を空手形にした事はバレずに済みそうだね！

「庶民が……やはり搦(から)め手(て)で……」

「カイゼル………人柱……」

「……の信………手段を選ばない……」

特に技量を競う展開にならなかったからか、クラスメイト達がヒソヒソ話を始めちゃったよ！　でもこれってカイゼル君がうっかり魔法を使っちゃったのが原因であって、別に僕が悪い訳じゃなくくない？

「おめでとう。流石貴方だわ」

「うわ」

気付いたら後ろにレティーシアが立っていて、どこか誇らしげな表情で祝福してくれたよ！　ありがとう！　わざわざ足音を消して背後を取った理由を教えてもらってもいい？　僕がレイチェルさんと一緒に観戦していた時もチラチラとこっちを見てたけど、何か用事かな？

「模擬戦をしましょう。今の試合内容ではきっと消化不良でしょうから、私がその欲求のはけ口になってみせるわ」

「絶対に嫌だけど……」

何言ってるのこの子。相変わらず言葉遣いが最悪なのはこの際いいとして、短杖とバックラーに持ち替えてガチの魔導師スタイルやめてくれない？　僕達召喚師だよね？　魔法を使われたら何もできない僕と魔法を使う気満々のレティーシアでは、模擬戦っていう体裁すら保てないだろうから悪いけど他を当たってほしいな！

「そう……貴方が勝ったら昨日言っていた無料の食事券を渡そうと思ったのだけれど

……」

「！　……いや、やらないよ。僕はあのゲームで君を越えるって決めたんだ。他の手段で目的を達成したとして、それは僕にとっての勝利じゃない」

「連戦で疲れているでしょうから、貴方は私の体に一度でも触れたら勝ちで構わないわ」

「違う、違うよレティーシア。手加減されて拾った勝利に意味なんてないんだ」

分かってないね……男ってのは一度自分自身で決めた事は譲れないんだ。精密に組み立てられた理論よりも、熱く燃える気持ちを優先したくなる生き物なんだよ……！　他人からすれば不器用に見えるかも知れないけど、自分の信念には逆らえないし、逆らっちゃいけないんだ‼

「最初の十ターム、私は一歩も動かないわ。魔法も使わない。どうかしら」

「よし、やろうか。丁度体を動かしたいと思っていたところなんだ。短剣に持ち替えてくるね！」

ラッキー！　魔法使わないんだって！　申し訳ないけど全力でやらせてもらうよ！

正直この条件でも勝てるかは分からないけど、今のところボードゲームよりは勝機を感じるよね！

『縺ゅ？窶ｧ窶ｧ縺吶∩縺縺帙ｓ縲ゅ％繧後∵乖譌繧り（あの……すみません。これ、昨日も見た流れです……）』

え、何？　ハッピーも応援よろしくね！

テンション上がってきたなぁ！　もし勝てたらハッピーにも美味しい果物をいっぱい買ってあげるからね！

15　副音声ガイド

「あの……私、今から予定がありますので……」

「予定？　そんなの俺達が後から手伝ってあげるって。お礼はたっぷりとするからさ」

「そうそう、少し付き合ってもらうだけだからよ。なぁ？」

やあ、僕の名前はヘレシー！　あれから模擬戦でレティーシアに指一本触れられないまま敗北を喫した僕は、貸し教室で開いたレイチェルさんとの反省会で互いの健闘を讃（たた）えつつ情報交換を行ったんだ！

そうして極秘に入手した情報によると、どうやらレティーシアは昔から魔力操作に秀（ひい）でていたみたいだね！

あとレイチェルさんは火の魔法に適性があって、得意な武器は硬鞭（こうべん）で、尊敬できるお姉さんがいて、趣味は戦闘訓練と手料理で、最近また服の胸回りが窮屈になって、昨夜は星が綺麗（きれい）だったらしいよ！　オマケの情報が多いね！

今は放課後！　数人のクラスメイトが新しく付く事になった護衛の人と一緒に帰ってい

くのを見送った僕は、一人で寮に戻って着替えて、一人でサヴァン先生を捜すために町へ繰り出したよ！　一人で！　不思議だね！

　模擬戦の前にイーガス先生が護衛を付けてくれるとか言ってた気がしたんだけど……もしかしてハイドラの力が大きく評価されて、総合的な自衛力は十分だって判断されたのかな？　そうだったら契約者としては嬉しい限りだよね！　やっぱり自分より召喚獣が褒められた時の方が何倍も嬉しく感じるものだから！

「そんな事を言われましても……ううん、困りましたね……」

「別にいいでしょ、ちょっと道案内してもらうだけなんだからさ。俺達だって王都に出てきたばかりで困ってんだよ？」

「ほら、その荷物は俺達が持ってやるからよ。いいだろ？　な？　すぐ終わるって」

『縺ゅ◎縺薙?莠ｺ驕斐√↑繧薙□縺区初縲√※?（あそこの人達、なんだか揉めていませんか……？）』

　昨日見掛けた美味しそうな軽食屋さんが気になるから、今日はそこに向かおうと思ってるよ！　注意深く町を歩くと普段とは違った発見があるから面白いよね！

『縺ゅ?窶ｦ窶ｦ繧ゅ≧螂ｳ諤ｧ縺ｮ隕也阜縺ｫ蜈･縺｣縺｡繧・▲縺ｦ縺ｾ縺吶る%蟷?b迢ｭ縺??縺ｧ縺吶。（あの……もう女性の方の視界に入っちゃってます。道幅も狭いので無視するのは難しいかなって……）』

「やっぱり？」

大通りに行くのにも慣れてきたから路地裏を抜けてショートカットしようとしたんだけど、どうやら道選びに失敗したみたいだね！

先客は一人の女性と二人の男性！　見たところ強引なナンパに見えるけど、都会ではあいうのって本当にあるんだね！　こんな安っぽい演劇の導入シーンみたいな光景を実際に目にする事ができるなんて、遠路はるばる王都に来て本当に良かったなあ！　貴重な経験をありがとう！　邪魔だから全員どこかに行ってね！

『驟纏代∪纏励（顕現しますか？）』

いや、こっちで何とかしてみるよ！　ここでハッピーに出てもらったとして、また昨日みたいにレティーシアが怖がって部屋に押し入ってきたら可哀想だからね！

それに、よく考えたらあの男の人達が本当に道に迷ってる可能性もあるよね！　僕達と同じく田舎出身のお上りさんだとしたら若干の親近感が湧くってものだし、目的地が近くなら連れて行ってあげてもいいかな！

「取り込み中悪いんだけどさ、よかったら僕が代わりに案内しようか？」

「なんだこいつ」

「チッ、普段は人なんか通らねぇってのに。ツイてねぇな」

「目的地はどこ？　実はこう見えて王都には詳しくてね。きっと力になれると思うんだ」

「見て分かるだろ、今いいところだからどっか行ってろよ」

「気味が悪ぃな」

なんだか想像以上に食い付きが悪いね！

先に王都入りした者として先輩風を吹かせてみたんだけど、やっぱりこういうのって後輩からしたら鬱陶しいと感じるものなのかな？　もし無事に進学できて学園の後輩が入ってきた時には、この経験を活かして嫌われないように気を付けよう！

「僕は今から大通りに行くところなんだ。一緒に連れて行ってあげようか？」

「しつこいな。もしかしてこの子を助けようとか思ってんの？　舐めてると痛い目見るよ？　あ？」

「いるよなぁ、こういう勘違いした馬鹿。一発殴ってやりゃあ目ぇ覚ますだろ。こうやって……よおッ！」

あれ、なんか殴られそうになってる？　王都って他の大都市と比べて貴族やその関係者があからさまに多いから、素性の分からない相手に手を出すのはやめた方がいいよ！

『纏?纒√（だめです）』

「……ッ!?　な……なんだよこれッ……!?」

向かってくる拳を見ながら内心で追加の先輩風を吹かせていると、ハッピーが目の前に柔らかい肉腫を出して守ってくれたよ！　ナイスハッピー！

この顕現しないまま世界に干渉するっていうインチキ、まるで僕が魔法を使ってるみたいに見えてカッコ良いんだよね！

子供の頃に魔導師ごっこをして遊んだのを思い出すなぁ！　絶対ウケると思って大人達に披露したら滑り過ぎて逆に笑えたよね！

『縺ゅ縺ッ髱逋ｽ縺九▲縺溘〒縺吶?窶窶縺薙?豁ｳ縺ｧ繧?k縺ｮ縺ｯ蟆代@諱・（あれは面白かったですね……この歳でやるのは少し恥ずかしいですけど……）』

僕達まだ若いんだから大丈夫だって！　都会に来たからって背伸びして落ち着いた雰囲気を出そうとするのは良くないと思うな！　寮に戻ったら久しぶりにやってみようよ！

「うわあぁっ！　血、血が！　く、クソッ、気持ち悪ぃ！」

お、いい反応。やっぱり若い人が相手だと感性が豊かでウケやすいのかな？　村には同世代を除くとお年寄りしかいなかったから新鮮に感じるよ！

『螟ｱ險?縺ｧ縺ｯ窶ｦ窶ｦ?溘??縺ｾ縺溘♀豈阪&繧薙↓諤偵（それ、失言では……？　またお母さんに怒られますよ）』

あっ、母さんは例外ね！　母さんは例外！　いやーうっかり！　若くて綺麗だから同年代としてカウントしちゃってたね！　はいこの話はおしまい！

「畜生ッ、なんだってんだ！　お、お、おいっ、こいつヤべぇぞ！」

「まさか呪術師か……っ!?　呪われるぞ、逃げろ！」

「おっおい、待てって！　俺も行く！　一人で逃げるんじゃねぇ！」

「行っちゃった」

二人とも土地勘がないって言っていたけど、何も聞かずに走っていって大丈夫なのかな？　暴力はいけない事だと思うけど、女の人の前だからって意地を張らずに案内を頼んでくれれば良かったのにね！

最初は誰だって無知なんだから、素直に人に教えてもらうのが上手な生き方だと思うよ！

「ありがとうございます。御自ら私のような者にまで手を……身に余る光栄です」

「へ？　うん……？」

気付いたら足元で女性が膝を突いてたんだけどこれは何？　干渉してくれたのはハッピーだし、僕がやったように見えたとしても畏まり過ぎじゃない？　随分と律儀な人だね！

「使者様……お待ちしておりました。最期に貴方様のお姿をこの目に焼き付けられた事、とても嬉しく思います！　ありがとうございます……ありがとうございます……！」

「そうなんだ」

うん、分かった。これちょっとヤバい人だ！

視線に籠もった熱量が凄(すご)いし、言ってる事は意味が分からないし、変に敬われて反応に困るし、なんだかさっきの二人を相手にするより面倒な事になっちゃった気がするね！

人助けには見返りを求めてはいけないって言うけど、こんな展開になるなんて全くの予想外だよ！　人生って難しい選択の連続なんだなぁ！

「先日まで学園に潜伏していたもう一人の幹部からの連絡を受け、確実性よりも速度を重視した計画に切り替えました。その甲斐(かい)あって祈りを込めた呪物も、贄(にえ)も、既に十分な量が揃(そろ)っております。数年前に辺境より持ち込まれし聖書……その儀式を執り行う準備は整いました。確認をお願いできませんでしょうか？」

「確認……？」

「はい。貴方様のお姿を見れば他の者も一層奮い立ちます。どうか私と共に来ていただけませんか。ここまで歩いてお疲れでしょうから、まずは近くの喫茶店で一服してから……」

うん、やっぱり微妙に話が通じてない感じ！　なんか喫茶店とか言ってるし、もしかして新興宗教の勧誘？　後から詳しい人が合流してきたりする？

　綺麗な女の人を足元に跪かせているところなんて誰かに見られたら変な勘違いをされそうだからやめてほしいんだけど、これも含めて誘いを断り辛くする交渉術なのかな？　こういう半分脅迫みたいな手口は法律で取り締まった方がいいよ！

「やめなよ」

　ん？

「……誰ですか、貴女は」

「その彼は今から私と約束があるんだ。夜の誘いならまた今度にしてくれないかな」

「そう、なのですか……？」

　あ、コン子さんだ！　耳と尻尾を隠した完全な人間形態のコン子さんが現れたよ！　こんにちは！　前にも似たようなタイミングで現れた気がするけどすごい偶然だね！

　コン子さんと会う約束なんて一切していなかったんだけど、どうやら助け船を出してくれてるみたいだから有り難く話に乗らせてもらおうかな！　後ろの予定が詰まってるって言えば新興宗教の人も引き下がってくれるよね！

「うん、本当だよ。今から彼女と約束があるんだ。悪いね」

「今から二人でデートをして、最後は夜景が綺麗な宿で夜を共にする予定さ」

「そうそう……ん？」

「お、今肯定したね？　言質は取ったからね？」

「そう……なのですか。残念です……」

　足元の女性は渋々ながら納得してくれたみたいだけど、その代わりコン子さんの策略に嵌められちゃったよ！　まぁ多分本気ではないんだろうけど、コン子さんって結構こういう冗談好きだよね。黙ってたら威厳あるのに……。

「では、私は邪魔にならないよう戻ります。当日はよろしくお願いいたします」

　立ち上がって深くお辞儀をした新興宗教の女性が去って行くよ！　ああいうのって勧誘のノルマがあるらしいから大変だよね！

　入信するつもりは全くないけど、面白い話が聞けそうな気がするから今度町で見掛けたらお茶にでも誘ってみようかな？

「ありがとうコン子さん。助かったよ」

「気にしなくていいよ。それよりも今の女性は仕えさせている信者かい？　あまり手を焼くようなら偶にはハッキリと言ってあげるのも上に立つ者の務めだと思うけどね。それに、そこの厄だらけの血痕もどうせキミ達の仕業だろう？　今回は私が祓っておくけど、もう少し上位者としての自覚を持った行動をだね……」

「ごめん、僕ってどういう存在だと思われてる？」

半笑いで注意するのやめてもらえる？　絶対面白がって言ってるでしょ。そういう冗談って本当に信じちゃう人が出てくるから良くないよ！

「まぁ信者との接し方については今度話すとして早速町に出ようか。丁度キミの眼で確認してもらいたい場所があるんだ」

「あ、デートは本当にするんだね」

「当然だろう。それとも不満かい？　私との逢い引きなんて普通の人間なら泣いて喜ぶんだけどねぇ。多分」

「へー。……多分？」

「うん、まぁ。今までこうして誰かを誘う経験なんてなかったからね。不確実な事を言い切ったりはしないいさ」

「へぇ、そうなんだ。なるほどね」

「なんだい、その生娘を見るような目は。……あっ、違うよ？　違うからね!?　キミは大きな勘違いをしている！」

そんな風にコン子さんと楽しく会話をしながら歩いていると、やがて大きめの建物の前で彼女が立ち止まったよ！　目的地はここかな？　掲げられた旗からして教会っぽいね！

「——一応言っておくけど、最近まではこうした機会がなかったからそういった感情を持ち合わせていなかっただけなんだ。つまりキミの想像は単なる誤解であって、決して私が経験皆無の生娘のくせに耳年増という訳では……聞いているのかい！」

「うん聞いてる聞いてる。それより目的の場所ってここでしょ？　何を見ればいいの？」

「おっと、そうだね……コホン」

立ち止まってなお熱量高めに語り続けるコン子さんに説明を促すと、彼女は小さな咳払い（せきばら）の後に姿勢を正して神聖な雰囲気を纏（まと）わせたよ！

まるで威圧するみたいに霊格ってやつを振り撒（ま）いてるけど、もしかして教会と張り合おうとか思ってる？　迷惑だからやめてね！

「ここはエルピスという神を信仰する人々の教会だ。召喚を司（つかさど）っている神だから、流石（さすが）のキミでも名前くらいは知っているんじゃないかな？」

「それはまぁ。メイユールの特別な神様だから」

エルピス様っていうのは召喚の神様で、この国の大半の人から信仰されてる凄いひとだよ！　戦場で天下無双の活躍をする召喚獣を見た兵隊さん達が召喚術そのものを神格化した存在なんだって自称門番のお婆（ばあ）さんが言ってたよ！

「ここは少し規模の小さな教会だけど、エルピス教では教会それぞれに神が宿っていると信じられている。信じられているという事は、つまり本当にいるんだ」

「へー」

それならちゃんと挨拶しておかないとね！

僕の名前はヘレシー！　小さい頃に呼び出した召喚獣のおかげで召喚師としての素質を認められた僕は、少し前からあの有名なメイユール王立召喚師学園(おうりつしょうかんしがくえん)に入学して召喚師になるべく頑張っています！

「あくまで調査の途中ではあるんだけど、現状のキミの見立てを聞いておきたくてね。この神、どう見る？」

「どう見る……？」

なんか……さっきからコン子さんの物言い、不穏じゃない？　そもそも神様の見立てって何？　それって人間がしていいような事？

教会を眺めてみると、確かになんだか近寄り難い神聖な雰囲気を感じるよ！　コン子さんに感じるのとはまた違う眩(まぶ)しさがあるね！

「何ていうか……ちょっと薄い、かも？　僕とは全然違うなっていう感覚はあるけど、危機感は小さいかな」

「ふぅん、そうかそうか。どうやら私の予想は当たっていたみたいだ。思い切って中央大陸に来た甲斐があったというものだね」

「不安になる笑顔だなぁ」

　僕の私見に何を思ったのかは知らないけど、口元を隠しながら目を細めてるコン子さんには不安しか感じないね！　放っておくといつか大変な事をやり始めそうで怖いよ！

「楽しそうなのは結構なんだけどさ、失礼な事はしないでね。大事な神様なんだから」

「成り立ちに隙があるんだよね。ある程度の年月はかかるかも知れないけど、少しずつ信仰の形を複雑化してから根底をすり替えれば別の神に信仰対象を移せそうだ。キミのおかげで大まかな算段ができたよ、ありがとう」

「今一番聞きたくない感謝の言葉」

　相手に感謝を伝えるだけで共犯者を増やす悪質な手口やめて？　法の下で何らかの罪に問われてほしい。

　コン子さんが余計な事をしでかす前にレティーシアに報告しておいた方が良いかもね！

◇　◇　◇

「そこでエルピス様は言いました。『貴方に、悪に抗う術を与えましょう』」

　折角だし教会の中にお邪魔したんだけど、ちょうど子供向けの朗読会をするところだったから勉強も兼ねて参加させてもらう事にしたよ！

「そうしてエルピス様から宝珠を受け取った王様が教えられた場所に向かうと、そこにはとても大きな魔法陣があったのです」

「(成る程ね。童話を模した歴史のお勉強って訳だ)」

邪魔にならないよう最後列の長椅子に座ったんだけど、話が始まると同時に何故かコン子さんの膝の上に乗せられたんだよね！　納得できる理由を説明してくれる？

「あのさ、耳元で囁かれるとくすぐったいし、恥ずかしいから降ろしてほしいんだけど」

「(しーっ……大きな声を出しては子供達の迷惑になってしまうよ。行儀良く座ったまま、静かに話を聞かないとね……？)」

「……」

「(ほら、こうして後ろから抱き締めてあげるから……んー？　そんな人間の弱々しい力で逃げようとしても無駄だよ？　互いの体温が混ざるくらいぴったりと肌を合わせて、みっちり埋め込んで、もっと辱めてあげようねぇ……)」

また変なスイッチ入ってるなぁ。

教会への移動中に揶揄われた仕返しなんだろうけど、子供への朗読会っていう状況を利用して抵抗を封じるのはやり方が姑息過ぎるんじゃないかな！

「宝珠と大きな魔法陣を使って王様が召喚をすると……なんということでしょう！　お城よりも大きな召喚獣が現れたのです。その召喚獣はエルピス様に仕えていた聖獣で、王様は聖獣と共に敵を倒し、平和な地を手に入れました」

「(これは事実らしい。メイユールの初代国王となったニフィラスは、宝珠と大魔法陣の力を使って高位の存在を呼び出し、近隣国を圧倒したんだ)」

あ、耳元で補足説明してくれるのは助かるかも。

コン子さんがエルピス様についてやけに詳しいのが怖いんだけど、もう気にするだけ無駄っぽいから今はありがたく解説を聞いておこう！

「その宝珠と大魔法陣は今でもメイユール王立召喚師学園で大切に保管されています。有事の際にエルピス様の力をお借りするためにも、毎日の祈りを欠かしてはいけませんよ」

「(宝珠が本校舎に保管されているのは確認してある。大魔法陣は学園の外周に建てられた塔にあるんだけど、そっちはまだ調べられていないんだ。何か分かったら共有するよ)」

へー、お伽話に出てくる物が実在して今でも保管されてるなんて面白いね！

コン子さんが僕を完全に共犯者扱いしてるのが気になって仕方がないけど、そういう物には観光的な興味があるから続報があれば是非とも聞いてみたいよ！

「――以上がはじまりのお話です。続きは次の朗読会でお話しします。お菓子を用意しておきますから、次回も来てくださいね」

「はーい！」

「わかりました！」

「（おや、随分とあっさり終わってしまったね。まぁ帰るのが遅くなってもいけないだろうし、子供の集中力を考えるとこのくらいの長さが適当なのかな？）」

「もう普通に声を出しても大丈夫だと思うよ。あとそろそろ降ろしてくれない？」

「……仕方ないな」

　どうやら朗読会は終わりみたい！　故郷の集会とはまた違った雰囲気で面白かったね！

「いやぁ、咄嗟にキミを抱えたのは我ながら名案だった。お仕置きをしながら庇護欲も満たせるなんて、これが母性本能というものかな？」

「悪戯心でしょ」

　弱者を力で押さえ付けて辱めるなんていう蛮行が母性である筈がないんだよね！

　子供達が帰っていくのを見送りながらそんな風に二人で他愛ない話をしていると、さっきまで朗読してくれていた教会の人が近付いてきてコン子さんの前で立ち止まったよ！

　何か話がありそうだね！

「あの……少しお時間を頂いても？」

「あぁ、成る程ね。ふふ。この神威と霊格、聖職者には隠しきれないって訳だ。だけど、いくら眩しい相手が側に来ていたとしても自分が信仰する神の前で相談しようとするのはマナー違反というものだよ。ここには神エルピスがいる。祈祷でも、相談でも、信徒なら彼女を頼るべきではないかな」

「何を言っているのか分かりませんが、全く違います。私は懺悔を促しに来たのです」

「……?」

「なんですか、今の読み聞かせ中の不真面目な態度は。ここは神聖な教会であり、あのような不埒な行為をする場所では決してありません。確かに人間は欲深い生き物です。ですが、その欲望を制御する努力を怠ってはなりません」

「あれ、もしかして私説教されてる……?」

「ありがたい話だね。ちゃんと聞いた方がいいと思うよ」

コン子さんが不思議そうに目をパチパチさせてるのは可愛いんだけど、朗読中に余計な事をして遊んでいたのは紛れもない事実だから教会の人が怒るのは当然だよね!

相手は善意で注意してくれてるんだから無下にするのは良くないよ！　ちゃんと話をして反省してきてね！　いってらっしゃい！

「では、お二人共こちらに来て下さい。神の前に自らの魂を晒し、それぞれが犯した罪を告白するのです」

「え……二人？」

「はい。お二人です」

「被害者だった僕も罪の告白を？」

「お二人です」

ええ……？　こんな理不尽な仕打ちが神様の前で許されていいの……？　エルピス様、余所見してない？

「くくく……こう言われてしまったからには仕方がないね。私と一緒に行こうじゃないか。なに、心配する事はないさ。私がしっかり手を握っていてあげよう。キミは決して逃げたりなんかしないだろうけど、念のためにね」

「ごめん、一旦僕の話を聞いてもらってもいい？」

「安心して下さい。己の罪に真摯に向き合えばエルピス様はきっと許して下さいます。貴方達のような活力に溢れた若者は、真っ直ぐ正直に生きてさえいればいつか必ず道が開け、幸せになれるのです。私も見守っていますから、頑張りましょうね」

16　歴史見学会

やあ、僕の名前はヘレシー！

あの後、教会を出て歩いている途中でレティーシアに召喚されていったコン子さんと別れた僕は、軽食屋で腹ごしらえをする前後でサヴァン先生を捜したんだけど見つけられなくて、大人しく寮に帰ってハッピーと魔導師ごっこを存分に楽しんでから眠りについたんだ！

今日は入学してから初めての休日！　といっても誰かと遊ぶ約束はしてないから、今日も成績点……サヴァン先生を捜しに行こうと思っているよ！　まだ学園長代理から中止の連絡が来てないからね！

仮にもう見つかってて連絡が漏れてるだけなんだとしたら完全に無駄足だけど、それでも頑張って捜していれば後で同情されて成績に色が付いたりするかも？　無理？

――ガチャ。

「おはよう、ヘレシー。今日は貴方に良い物を持ってきたわ。これを見て頂戴」

服を着替えて、寝癖を整えて、財布も持って準備万端！　来訪者さえいなければ出発できていたね！

休日の朝から堂々と人の部屋に侵入してくれたのはレティーシア！　もう知らない仲じゃないから別にいいんだけどさ、ノック無しで勝手に鍵開けるとかやってる事ヤバ過ぎるから自覚した方がいいよ！

「……おはよう。その荷物は？」

「魔法の練習に使う道具よ。貴方のために用意したわ。これは子供用の教本。これは役立ちそうな補助魔導具。これは古代魔術の文献」

「うん……？」

すっかり慣れた足取りで部屋に入り込んできたレティーシアが誇らしげな表情でテーブルの上に物を並べていくね！　仕留めた獲物を見せに来る猫かなにか？

「魔法が使えなくて困っていたでしょう。貴方が魔力操作の感覚を掴めるよう手伝いに来たの。レイチェルさんも気にしていたようだったけど、私の方がより貴方の成績に寄与できるという事を先んじて証明してみせるわ」

なんとレティーシアは僕の魔法の練習を手伝いに来てくれたみたい！　また変な事を言い始めるのかと一瞬疑っちゃったよ！　ごめんね！　ありがとう！

魔法の練習かぁ。確かに最近はサヴァン先生を見つけて成績をどうにかする工作にばかり目が眩んでいたけど、正攻法で魔法を使えるようになった方が将来の事を考えても絶対に良い筈だよね！　ハッピーやハイドラを補助魔法で支援できれば彼女達の負担だって減るんだし！

　サヴァン先生はクラスメイト達が手放しで話を信じちゃうくらい優秀な召喚師なんだから、僕なんかが捜さなくたってどこかで元気にやってるよね！

「練習を手伝ってくれるのはすごく有り難いし嬉しいんだけど……いいの？　貴族の人って休日も家の仕事で忙しいんじゃ……」

「否定はしないけれど、多少ならば前倒しにして調整できるから心配はいらないわ。それより貴方の卒業成績の方が私にとっては重要よ。将来的な話ではあるのだけれど、クレセリゼ家の雇用条件に関わってくる部分だから」

「ありがとう！　いやぁ助かる……ん？」

「それじゃあ早速学園に行きましょう。教室の使用許可は既に取ってあるわ」

「ごめん、今の話もう一回聞かせてもらっていい？　雇用条件？」

「飲み物も用意するわ。茶菓子もあるわ。甘くて美味しいわ」

あ、これもう答えてくれないやつだ！　ここ数日のやり取りで少しずつ彼女の事が分かてきた気がするよ！　相互理解が深まってるなぁ！

◇　◇　◇

「じゃあ、まずはこの本の内容から試してみましょう」

「うん。えっと……『貴方様の才覚溢れるご子息なら必ずや結果をお出しになられます。魔力の認識・使い方』？」

「私は使った事がないのだけれど、子供が感覚を掴むのに適した本だとされているわ」

寮を出て学園の教室に移動した僕達は、早速机の上に教材を広げて勉強を開始したよ！

なんか特定層に媚びへつらったようなタイトルの本が多いんだけど、王都の出版業界ってもう権力に屈しちゃってる感じ？　単に才能ある子供に貴族が多いってだけ？

手渡された本を開いてみると、最初のページに大きな図で魔力がどのようなものなのかが説明されていたよ！

「えーっと、『貴方様のお体の内側に流れている高貴な血潮。魔力はその中に宿っています。その選ばれしお力を自在に操る事を魔力操作と呼ぶのです』」

「よくある血流を魔力に見立てた子供向けの解釈ね。実際は血液中に含まれる魔力なんて極僅かだし、そもそも人の体には魔力伝達の経路となる器官なんて存在していないのだけれど、そういった研究結果が出ている現代でもこの図の解釈で魔法を使っている魔術師は多いと聞くわ」

「へー」

まぁそれは分かるよね！　一度自分の中で噛み砕いた事柄が後から間違っていたと知ったとして、それまでの認識を矯正するのは簡単な事じゃないと思うよ！　魔力操作みたいな感覚的な事であれば尚更！

そういう認識の正確さで魔法の効率や効果量が変わったりするのかも知れないけど、僕からすれば魔法が使えるっていうだけで十分羨ましいよね！

「魔力に反応して色が変わる紙を持ってきたから、その本の図を参考にして試してみましょう。刃物で指先を切った経験はあるかしら？　その時の血流を想像するだけで上手くいった例もあるそうよ」

「指の怪我なら何度もあるよ。やってみるね」

故郷に生えてる植物の硬くて鋭い葉っぱでよく手を怪我していたよ！　村の南にその植物の群生地があるんだけど、害獣対策になるからって昔の人が意図的に植えた場所らしいんだよね！　後世で大変な事になってるから反省して？

レティーシアから受け取った紙片に、教えてもらったイメージで魔力を流そうとしてみたけど……やっぱり駄目そう！　そもそも魔力っていうのが何処にある何なのかを自分なりに解釈しないと働きかける事すらできそうにないね！

「ごめん、まだちょっと難しそうかな。『これが魔力だ！』っていう感覚さえ掴めればもう少し違うんだろうけど……」

「全く構わないわ。気負わず次々に試していきましょう。それならこの魔導具はどうかしら」

そう言ってレティーシアが箱から取り出したのは、手乗りサイズの透明な宝石を削り出したような魔導具！　もう大きさと質感からして超高額なのが分かるんだけど、変に意識すると別の緊張感が出てきちゃうから気にしないようにしよう！

「これは対象者の魔力適性を視覚的に映し出す魔導具よ。人によって魔法の属性に向き不向きがあるのは知っているわよね？　この魔導具で自分の適性を知る事で、魔力の存在を実感しやすくなると思うの」

「それは……すごい魔導具だね。こんな立派な物、家から持ち出しちゃって大丈夫なの？」

「……手を借りるわね」

あっ、急に目が合わなくなった！　勝手に持ち出してるっぽい！

堂々と質問を無視してくれたレティーシアが魔導具を台座に乗せて、続けて僕の手を取って両手で包み込んだよ！　この魔導具がここに在っていいのかどうかは置いといて、一体どんな動きをするのかワクワクだね！

「……この手の大きさ、肌触り……」

「おぉ……！　何か分かりそう？　どんな魔法が得意とか……」

「いえ、今は私が個人的に貴方の手に触れているだけよ。こうして指を絡めながら肌を擦り合わせると気持ちが良いの。寝室に欲しいわ」

「そうなんだ。魔導具使ってもらっていい？」

どういう感想？　明らかに魔導具を起動する流れだったから勘違いしちゃったよ。

渋々といった態度を隠しもせずに僕の手を離したレティーシアは、台座から魔導具を持ち上げて魔力を込め始めたよ！　ここからが本番みたい！　じゃあその台座は何？

レティーシアの魔力によっていよいよ起動した魔導具の輪郭が淡く光り出したね！　そのまま僕の手の甲に重ねると、魔導具越しに何かが浮かび上がってきて……？

……なんだか色、薄くない？　反応も思ったより鈍いっていうか……。

「これ、どういう意味なんだろう。やっぱり魔力量が少ないのかな……？」

「分からないわ」

「もしかして適性のある属性が少ないとか……？」

「全く分からないわ」

あっ、レティーシアが匙を投げちゃった！　なんかごめん！

「……性質の異なる……そう、通常とは性質の異なる魔力なのかも知れないわね。質問なのだけれど、ヘレシーは普段どうやって召喚をしているのかしら」

「特に何もしてないよ。声を掛けたら来てくれるんだよね」

「そう……」

あっ、レティーシアが匙を投げちゃった！　なんかごめん！

取り敢えず魔導具を箱に戻して何も見なかった事にして、その後も色々な教本や魔導具を試した僕達だったけど、結局最後まで上手くいかないまま謎だけが残っちゃったよ！

「……駄目かぁ。気になったんだけど、こうして色々と仕組みが分かってる現代でも魔力操作は難しいのに、昔の人達はどうやって魔法を使っていたのかな。もっと簡単な方法があったとか？」

「その通りよ。魔力と魔法についての理解……魔導が学問として発展していく前にも人々は魔法を使っていたわ。余りにも非常識で非効率な方法だったから、主に神事や呪術などでのみ使われていたようね」

「その方法って僕にもできる？　一度でも魔法の感覚が分かればコツが掴めるかも」

「それは勿論、貴方にもできるでしょうけど……手法が全く異なるから何の経験にもならないわ。魔法陣を用意して、人間の血を魔力として使うだけだから」

「あ、そういう感じ」

想像の三倍は直接的な使い方だったよ！　確かにそれじゃコツとか関係なさそうだけど、それはそれとして魔法が使える可能性があるなら試してみたいのが本音だよね。やっぱり使えない側の人間としては憧れがあるっていうかさ……。

「確か血中にも少しだけ魔力が含まれてるんだっけ？　一回だけ試せないかな」

「血液に含まれている魔力なんて本当に僅かな量しかないわ。人間一人から致死量を抽出してようやく初歩的な魔法が放てる程度じゃないかしら。古い文献だけれど、一度の召喚術に百人の贄を使ったという記録が残っているくらいよ」

「あー、それは流石に厳しいね」

気軽に使えるならハッピーとの魔導師ごっこが捗ると思ったんだけど残念！

という訳で、僅かな希望もきっちり失って勉強会はお開きになったよ！　正直、魔法についてては理解が及ばな過ぎて直視するのを避けちゃってた部分もあったんだけど、今回レティーシアが基礎の部分を教えてくれたおかげでやっと正面から向き合えるようになった気がするね！

「今日は付き合ってくれてありがとう。これからは町で成績点を捜すだけじゃなくて、ちゃんと魔法が使えるように取り組んでいこうと思うよ」

「成績点を捜すというのは分からないけれど、役に立てたようなら嬉しいわ。私にとっても息抜きになるから今後も少しずつ進めていきましょう。何も焦る必要はないわ。才能ある貴族の子供でも、魔力の認識と操作には短くない期間を要するものよ」

へー、みんな模擬戦では簡単に魔法を使っているように見えたけど、やっぱり最初は苦労したんだね！　貴族の人でもそうなんだから庶民の僕は尚更頑張らないと！

「ちなみになんだけど、レティーシアが魔法を使えるようになるまではどのくらい日数が掛かったの？」

「私は当日中に……」

あっ、これ以上は聞かない方が良いかも！

◇　◇　◇

「貴方に一つ尋ねたい事があったの」

勉強会が終わったから解散……になるかと思ったんだけど、折角の機会だから散歩のついでにレティーシアが学園の中を案内してくれる事になったよ！　今は西側の自然公園的な区画の並木道を二人で歩いているんだ！

「貴方、昨日コン子と町に……いえ、やめておきましょう。何でも知ろうとする慎みのない女だと思われたくはないわ。忘れて頂戴」

「昨日？　コン子さんとデートした話かな。一緒に教会に行ったんだよね」

「それよそれ」

うわ顔近っ。一回質問を取り下げた癖にめっちゃ食いついてくるじゃん。

「コン子から話を聞いたわ。ヘレシーに読み聞かせの内容を補足してあげたのだと。貴方の役に立った事で大層褒められて愛を囁かれたのだと」

「情報が屈曲して伝わってるなぁ」

これ絶対コン子さんに揶揄われてるよね。レティーシアって基本的に強かではあるんだけど、変なところで純真っていうか、一度信用した相手の言葉は疑わずに信じちゃいそうな危うさがあるよね！　その器の大きさは貴族として大事な資質なんだろうけど、近くで見てるとやっぱり心配になるよ！

召喚師と召喚獣なんて最も近しい間柄といっても過言じゃないんだから、認識の齟齬がないように常に十全なコミュニケーションを取ってほしいものだよね！　ね、ハッピー！

『蝗ヶ縺ォ蜊∞?縺ェ繧ゥ繝溘H繝九こ繝ジ繧キ繝ア繝ウ繧貞（常に十全なコミュニケーションを取れていますか……？）』

「でも、流石のコン子も護陣塔については知らなかったようね。召喚されて数日でメイユールの歴史にまで切り込むその行動力と洞察力は大したものだけれど、今この瞬間は私がその上を行くわ。コン子よりも先にヘレシーに護陣塔の事を教えて得点を追加する」

「何かの競技で勝負してる……？」

そんなに気を遣わなくたって、レティーシアには勉強も教わってるしボードゲームも相手してもらってるし十分助かってるよ！

というかコン子さんのいつか犯罪になりそうな活動の事、レティーシアもしっかり認識してたんだね！　全部知った上で自由にさせてるとかちょっと器デカ過ぎない？

レティーシアの底無しの器量に感心しながら背の高い並木を抜けると、目の前に巨大な塔が現れたよ！　まぁ実際はかなり前から見えてたんだけど、しばらく木々で隠れていたから急に大きくなったような印象を受けるね！

「という事で、これが護陣塔よ」

「ここまで話の前フリだったんだ。凄く大きな建物だよね。敷地面積だけでも召喚場くらいあるんじゃない？」

「中は見えている以上に広いわ。幾重にも施された防護魔法が外部からの認識を歪めているの」

「へー」

見え方を変える魔法なんてあるんだね！　敵国から攻められた時に狙われ難くする目的かな？　王城の近くだし単純に景観の問題？

「塔全体を覆う防護魔法は強固よ。仮想敵であるスラヴァの英雄級魔導師でも正面からの突破は時間が掛かるでしょうね。ただ、これは他言してほしくないのだけれど……王城側の大扉だけは少し守りが薄くなっているの」

「そういう庶民が知ってちゃマズい事を僕に教えるの、絶対に良くないと思うよ」

コン子さんもそうだけど、無駄に僕のリスクを上げる情報ばかり横流しするのやめてくれない？　どれだけ派手に僕を巻き込んで自爆できるかで勝負してる？

「王族や名門貴族の当主のような、突出した個人だけが突破できるように敢えて防御力を落としているのよ。緊急時に独断で塔を使用できるようにね。心配しなくても、魔法陣を複数人で用いた大規模魔法でも使わない限り普通は突破できないから大丈夫よ。安心して頂戴」

「……レティーシアは突破できたりするの？」

「クレセリゼ家の召喚獣なら、特性上なんとか……」

あー怖い怖い！　否定してもらって安心材料を得ようと思ったら、肯定された上に余計な情報まで出てきちゃったよ！　有名貴族の召喚獣の特性とか探るつもりないから。

聞いてしまった情報を頭から追い出しつつ更に塔へと近付くと、なんだか空気が張り詰めてきたように感じるよ！　特別な何かがある場所だっていうのが肌で分かるね！

近くで見た護陣塔は王城に届く程に大きくて、外壁にもびっしりと紋様が刻まれていて美しくも厳かな雰囲気があるよ！　これでも実際より小さく見えている状態だなんて凄い……ん？

「ねぇ、あっち側の塔の入り口、開いてない？」

「……開いているわね」

「あれってさっき説明してくれた王城側の大扉だよね。……レティーシア、質問があるんだけど――君の家の召喚獣って今どこにいるのかな」

「私が犯人だと疑われてる……!?　って、今はそんな冗談を言っている場合ではないわ！これは異常事態よ！　ッ!?　この震動は……!?」

場を和ませようと思って口にした冗談が滑り散らかしたと同時、大きな音と衝撃が周囲の木々を揺らしながら伝わってきたよ！　護陣塔とは逆側――本校舎の方角からだね！

急いで後ろを振り返った僕達の目に飛び込んできたのは、なんと学園の建物よりも大きなゴーレムが腕を振りかぶって本校舎を殴りつけているところ！　その腰の入った殴打で本校舎の防護魔法が甲高い音を立てながら砕け散っていくね！　かなり現実味の薄い光景だけど、これって何かの催し物だったりする？

「あれは……サヴァンの召喚獣っ⁉　……間違いない、一度だけ演習で見た事があるわ。一体どうして……まさか本校舎の宝珠を狙って……？」

「え、サヴァン先生……？」

ここでその名前が出てくるとは思わなかったね！　どうやら僕の成績点……サヴァン先生は行方不明になりつつも無事だったみたい！　召喚獣がいるからって本人も同じ場所にいるとは限らないんだけど、少なくとも召喚術を使える程度には元気みたいだね！

巨大なゴーレムがもう一度腕を振りかぶって本校舎を殴りつけようとしたところで、ここからでも分かるくらい大きな斬撃がその豪腕を弾き飛ばして攻撃を防いだよ！　遠くの校舎からは翼の生えた召喚獣がゴーレムの元に飛び立っていくのが見えるね！

「あの剣技は学園長代理の……それに他の教員も向かってくれているようね。あれだけの戦力がいれば生徒や事務員が避難する時間は十分に稼げるでしょう。本来なら私も援護に向かうところだけれど、今はそれよりも護陣塔の状況が気になるわ。サヴァンの目的が宝珠だとすれば、尚のこと護陣塔の確認も並行して行うべきよ」

「僕も何か手伝おうか？」

「ありがとう、でも大丈夫。これは私達が解決するべき問題よ。いくら貴方が有力な召喚師とはいえ、新入生を巻き込んでしまっては貴族の沽券に関わるわ」

「そう？　じゃあ僕は邪魔にならないように避難しておくよ。頑張ってね」

「ええ、頑張るわ！」

新入生なのはレティーシアも同じだと思うけど、今は余計な事は言わないでおくね！

レティーシアに別れを告げて歩き始めたところで、学園の各地から爆発音が響いて高く火柱が上がったよ！　大きな瓦礫が飛んできたから数歩進んで避けたけど、地面には跡が付いちゃって補修が大変そうな感じ！　被害が広がって一気にキナ臭くなってきたね！

これはもう犯罪とかそういうレベルを超えて、後世の歴史書に載りそうな大きな事件が起こっちゃってるんじゃない？　歴史の生き証人になれるなんて感激だなぁ……。

「っ……思った以上に規模が……。ヘレシー、申し訳ないのだけれど、やっぱり私に付いて来てもらえないかしら。塔の防護魔法は生きているし、一緒に中にいた方が安全に思えてきたわ」

「うん、ならそうさせてもらおうかな」

え、ラッキー！　お伽噺に出てくる建造物の中に入れるんだって！　これってかなり貴重な機会なんじゃない？　多分貴族の人でも気軽に入れるような場所じゃないだろうからすごい事だよ！

　この切っ掛けを作ってくれたサヴァン先生には感謝……はできないけど、自首くらいは勧めたいところだね！　やってる事がやってる事だから即刻死刑だろうけど！

「それじゃあ行こうか。何か手伝えるような事があったら言ってね」

「助かるわ。……ごめんなさい、巻き込んでしまって」

「いやいや、全然気にしなくていいよ。どうせ午後からは軽く運動するつもりだったし、そもそもこうなったのはレティーシアのせいじゃないしね。そうだ、終わったら甘い物でも食べに行かない？　勉強のお礼に奢らせてもらうよ」

「ありがとう。でもその気遣いだけで十分嬉し……いや、甘い物は一緒に食べたいわ。是非ともそうして頂戴」

「君のそういうところ、僕は素直でいいと思うよ」

◇◇◇

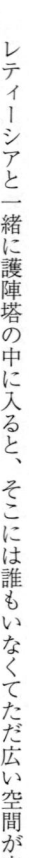

レティーシアと一緒に護陣塔の中に入ると、そこには誰もいなくてただ広い空間が広が

っていたよ！　白い床に白い壁、そして高過ぎる天井！　少し召喚場に似ているけど、外壁と同じく塔の内側にも隙間なく紋様が彫り込まれていて独特の雰囲気を醸し出しているね！　聞いていた通り外から見ていた以上に広くて、照明の装飾もとっても綺麗！　流石は歴史的建造物！　これは間違いなく価値のある経験だよ！

大魔法陣はてっきり地上階にあると思ってたんだけど違うみたい！　昔の人はどういうつもりでこの階層を設計したんだろうね！　ただの玄関にしては広過ぎるよ！

感動で口を半開きにしながら中心付近まで歩き進めると、なんだか上の方から歌みたいなものが聞こえてきたね！

「これは……何かを召喚する儀式かしら。邪悪で不吉な力を感じるわ」

「確かに誰かが招かれてるような気がするね」

別の空間から何かしらの存在が近付いてきているような気配がするよ！　どんな相手かは分からないけど、特に嫌な感じはしないし話しやすそう！

「急ぎましょう。私が奥の階段室に先行するわ。敵の罠や障壁があれば解除してくるから、貴方はここに残って後ろを警戒していて頂戴。見通しも良いし、大型の召喚獣も呼びやすいと思うわ」

「分かった。ハイドラと……ハッピーにも来てもらっていい？」

「……それは決闘の時に見た貴方の召喚獣……よね」

「うん。上の儀式で招かれようとしてる相手の事を訊いてみようと思って。実際に顕現してもらった方が気配も感じやすいだろうし」

「や…………………構わないわ。私も精神的に日々成長しているの。私も精神的に日々成長しているのだから、成長しているところを見せたいと思うわ。ただし彼女を召喚するのは私が奥の階段室に入って扉を閉めてからにして頂戴。私も精神的に日々成長しているのだけれど、これは絶対に守ってほしいわ」

「悪いね。ちょっと塔の中を見学したら戻ってもらうからさ」

やったよ！　ハッピーも見学していいって！　こんなに素晴らしい建造物を召喚獣達と一緒に観光できるなんてツイてるなぁ！

何かに追われるように走っていったレティーシアが奥の部屋に入って扉を閉めたのを確認して……もう良さそうだね！　おいで、ハッピー！

『潤ｯ縺？ｓ縺ｧ縺励ｇ縺？°窶ｦ窶ｦ縺ｾ縺滓？悶′繧峨○縺ｦ（良いんでしょうか……また怖がらせてしまうんじゃ……）』

確かにこの前の怖がり具合……というか興奮具合を思い出すと少し心配になるけど、本人が大丈夫だって言ってる分には平気なんじゃない？　回数を熟せば慣れてくる事もあるだろうし。

　この塔の雰囲気は本当に凄いよ！　綺麗な装飾もいっぱい！　ハッピーも絶対に直接降り立って観光するべきだと思う！

『縺倥c縺ゅ■繧?▲縺ィ縺?縺（じゃあ……ちょっとだけ……）』

　おいでおいで！　あ、でもできるだけ床に血は付けないようにしてね！　ハイドラに水で流してもらうつもりではあるけど、バレたら後で死ぬほど怒られそうだから！

　そうそう、ゆっくり慎重に落下して……あ、千切れてる千切れてる。飛び散って信じられないくらい出血してる。血の赤が白い床に映えるね。すぐにハイドラ呼んで頭下げるね。

17　邂逅：ジェイド

『私から情報を聞き出したとて無駄だ！　終焉はもう目の前にある！』

『我々は辿り着いた。邪悪を増幅させるための仕組みは、既にこの地に用意されていたのだ！』

『神聖を尊び、誤った歴史に踊らされている貴様らでは決して真実に辿り着けない！　本当に見るべきものに気付かない！　あんなもの、初めからこの世界に必要なかったのだ！』

『指を咥えて見ているがいい！　間違った分岐をしたこの世界が終わる瞬間をッ！』

　確定した未来を語っているような口振り。まるで演説のような狂言。昨夜の殺傷事件で捕まった女からの聴取を終え、俺――ジェイド・グレードは尋問室を後にした。

　あれから邪教の調査は予想を遥かに超える早さで進展した。魔導具店への襲撃を皮切りに王都内で続く窃盗、誘拐、そして殺人。その何れもが根底では邪教に繋がっており、捕らえた犯人は嬉々として自分達の活動内容とその素晴らしさを語ってみせた。

拷問するまでもなく全てを自白する信者達。仲間を売っているとしか思えない情報量。それでいて、一様に勝ち誇った態度を崩さずにいる横柄さ。

そうした教徒の振る舞いにより敵組織の規模や目的、そして今朝には邪教の本拠地までもが判明した。今まで姿を隠していたのが嘘のように明らかになっていく組織の全容に、誰もが困惑しつつも事件の早期収束を確信した。

既に邪教の中核は解散しており、残党が好き勝手に暴れているだけの状態。そう考えるのが自然な程に、邪教徒の犯行はどれも散発的で自暴自棄に見えるものだった。

（拠点は割れた。直に後援組織の尻尾も掴めるだろう。大規模な掃討作戦を実施すれば、王国内に潜む危険因子を一掃できる。しかし——）

『もう終わるんだよ、この世界は』

『俺達はもう隠れない。耐え忍ばない。儀式の準備は既に整いつつある』

（くそッ……）

蘇るのはあの日、失意に沈んでいた自分が再び立ち上がった日の記憶。今も狂気に呑まれて自我を失ったままになっている、一人目に捕らえた信者の言葉。

着実に敵を追い詰めているにも拘わらず、考え得る最速で物事が進んでいるにも拘わらず、それでも及ばない。何か取り返しのつかない事が自分の認知しない場所で起ころうとしている。そんな悪い予感が思考の至る所に絡み付き、根拠のない焦りを生む。

(摑まされているだけだ、情報は。邪教がここまで全てを擲っているという事は、何か大きく状況を動かす算段がついているに違いない。まさか本当に、邪神を召喚する事が可能なのか……?)

このまま順当に痕跡を辿っているようでは致命的な何かに間に合わないのではないか。そう強く訴えている自分の本能に従い、外に出る。

未だに冷えた空気が停滞している昼前の貴族区。普段と何も変わらない日常の風景が、今は不思議と焦燥を煽った。

(何か手を打たなければ。だが……どうやって?)

どれもこれもが直感の域を出ない、根拠のない空想だ。誰に説明したところで理解は得られないだろう。しかし自分の力のみで調査するには王都は広く、限られた時間の中でできる事など知れている。

袋小路の思考。調査が進んでも、足が前に進んでいない感覚。言いようのない不安。直に敵拠点への突入作戦が始まるが、とてもではないがただそれを待つ気にはならなかった。

(足踏みしている暇はない。事件のあった場所をもう一度調べて……ッ——!?)

視界に、体勢に違和感。

焦りと緊張によって正常な感覚を失ったのか——いや、世界が揺れている。

「地震……？　こんな時に……いや、まさか邪教の儀式が……!?」

それは最悪の想像。しかし有り得ない話ではなかった。邪神召喚の儀式が今日行われるのであれば、信者が今朝に活動拠点を明かした事にも頷ける。実際に儀式を行う祭壇は拠点とは別にあり、大量の情報をばら撒く事で調査の目を逸らそうとしていたのだろう。

本当に邪神などという存在が召喚できるのかは別として、儀式が進行すれば地震以外の被害が出る可能性がある。急いで屋敷に人を呼びに戻ろうとしたところで、遠方に土煙が立ち昇っているのが見えた。

「あの場所は……学園……!?　不味い……っ！」

気付けば足が前に動いていた。

会議でも話に上がった一つの可能性。しかし誰もがすぐに思考から除外した絵空事。それは邪教が本気で邪神を呼び寄せようとするのであれば、強力な魔力増幅効果のある大魔法陣と宝珠を利用して儀式を行うのではないか、という短絡的な予想だった。

通常、護陣塔の防護魔法は数週間にも及ぶ大規模な準備がないと破れない。複数の召喚師が常駐している学園内で邪教徒が長時間の準備を行うなど現実的ではなく、定期的に王都内を警邏しつつ邪教の本拠地を洗い出す今の進め方が確実と判断された。

だが、それでは遅かった。

再び地面が揺れ、強い地鳴りと共に土煙が立ち昇る。重低音に混じって届いた何かが割れるような高音が、一連の揺れが自然現象によるものではない事を物語っていた。

最上級魔法か、若しくは超大型の召喚獣による攻撃か。だとしたら——。

(いや、何れにせよ行けば分かる。急ごう)

またも複雑化しようとする思考を脳内から追い出し、強く石畳を蹴る。

貴族区を抜けて建物の隙間から学園の外壁を視認した時、下から打ち上げるような強い震動が王都全体に襲い掛かった。

◇◇◇

学園の正門を固めていた騎士達の目を避け、少し回り込んだ西側の壁を跳び越えて学園内へと降り立った。

本校舎に攻撃を仕掛けていた巨大なゴーレムは既に足元の何者かと戦闘を開始しており、本校舎は障壁こそ突破されたものの間一髪で破壊を免れていた。しかし、戦いの規模故に気の抜けない状態である事に違いはない。

（まさか正面から宝珠を狙おうとはっ　俺も早く援護に……）

王都内、特に王城付近は魔法障壁によって厳しい高度制限が設けられている一方、召喚師学園を含む一部の施設では飛行や実験を行うためにその制限が免除されている。学園の敷地内に入った事で飛行が可能となったため、シルバーを呼び出してゴーレムの元に急行しようとしたところで――気配がした。或いは、悪寒。

（ッ！　これは……！）

最初の邪教徒を捕らえた際、町中で遭遇した気配。しかし、その前から知っている感覚があった気配。信者曰く邪神のものであるらしいそれは、信心を持つ者にしか察知できないという確かな狂気。

何故このタイミングで、とは思わない。状況や邪教徒からの情報を鑑みるに、この狂気こそが邪教の活動によるものなのだろう。『終焉はもう目の前』と信者が言っていたが、今まさに邪神召喚の儀式が行われているのだとすれば全ての辻褄が合う。人間が意図的に神を降ろすなどという行動の可否は兎も角として、少なくとも邪悪な何かが呼び寄せられているのは間違いない。

悪寒と恐怖を辿りながら数歩進むと、大まかな発生源を摑む事ができた。どうやら戦いが起こっている中央ではなく、人の気配の少ない西側の護陣塔付近から発せられているらしい。

宝珠を奪わずして儀式が進められているという事は、あのゴーレムは陽動か、それとも別の目的を持っているのか。どちらにせよ一部の者にしかこの邪悪な気配が感じ取れない以上、護陣塔に向かえる適任者は自分だけだ。

(行こう。きっと、これは俺にしかできない事だ)

シルバーを呼び出そうと思ったが、やめた。あのゴーレムによる攻撃が陽動だとすれば、それに気付いた事を相手に悟らせるべきではない。幸い護陣塔までの距離はそう遠くなく、木々などの遮蔽物も多い。道を選べば敵に見つかる事なく目的地に辿り着けるだろう。

身を潜め、警戒し、駆け抜ける。程なくして護陣塔が観察できる距離にまで近付くと、既に扉の一つが開け放たれており、その内部から邪悪な気配が漏れ出ている事が分かった。

遠方から悲鳴や爆発音が聞こえてくるが、護陣塔の周囲は不自然な程に静かで空気が張り詰めている。元の厳かな雰囲気に今は重圧も加わり、息を切らしている訳でもないのに不思議と息苦しさがあった。

(これほど大きく動いてくるとは……邪教め、相当な人数の術者を抱えているようだ)

邪神召喚は邪教の悲願だ。資金や人材の全てをこの作戦に投じている筈であり、塔の内部では激しい戦闘が予想される。最初から幹部級の実力者と対峙する事も有り得るだろう。

いつでも召喚獣を呼び出せるよう身構えつつ塔の側面へと取り付き、回り込んで扉の中を覗き込むと――想像もしていなかった人物がそこにいた。

「……なんだ君かぁ。一応訊いておくけど、ここに何の用？」

緊迫した状況に不釣り合いな気の抜けた声。

悍ましい触手の怪物を従えた庶民のクラスメイトが、たった今まで何かがいたような床の痕跡を隠すように一歩進んで目の前に立ち塞がった。

18　決意：ジェイド

「そういう……事か……」

　あの日挑み、敗れた相手。いつか越えなければならない相手。再戦を誓いはしたが、それは決して今日ではなかった。

　自分を見つめ直し、研鑽(けんさん)に励み、もっと相応(ふさわ)しい場所で、正々堂々と。そうした想(おも)いは今、最悪の形で裏切られた。

　何度も夢に出てきた顔。どこか不気味な笑み。その何も映さない黒塗りの瞳を見ていると、自分がこの相手と本当に向かい合えているのかも分からなくなる。

　全てを察した俺は、自然と口を開いていた。それは相手に語り掛けるためではなく、ただ自分に言い聞かせるための言葉。

「俺は……逃げていたんだ。この期(ご)に及んで」

「へー、何から？」

「現実から」

考えないようにしていた。邪教徒が邪神のものだと言っていた狂気を何故自分が知っていたのか。この庶民が現れてから邪教の動きが活発になったのは偶然なのか。決闘で見た凄惨な悪夢は、本当に弱った心が生み出した幻覚だったのか。

入学式の日、父親の話を聞いて運命めいたものを感じていた。互いに立場を考えず実力を出し合い、全力でぶつかり合い、敗北すらも糧にできる宿敵との遭遇。一度は敗れ、戦意を失いながらも、その後は明確に目標として定めるようになった。

グレード家を背負い、強く崇高であらねばならない自分。そして、そのために越えなければならない壁。

そんな宿敵が人類の敵であってほしくないという願望が、見えている現実から目を背けさせたのだ。

「まぁよく分からないけどさ、ここは手が足りてるから他の応援に行った方がいいんじゃないかな？　例えば、本校舎にいるゴーレムの所とか」

「いや、いい。尤もらしい理由を付けて見えない振りをするのは終わりだ。俺は今日、ここでお前に立ち向かう」

「立ち向かう……？　君が？　僕に？」

こちらの正気を疑うような物言い。だが言わんとしている事は分かる。何もできず惨敗した相手が、たった数日で再戦を挑もうというのだから。

しかし、あの時には油断があった。驕りがあった。そして覚悟がなかった。全てを出し切り、這い蹲ってでも勝利しようという覚悟が。

「あの日、俺は全てを失った。邪教との出会いで前を向き、目標をすり替え、視野を狭める事で立ち直ったつもりになっていた。俺にはまだ時間が残されていて、一つひとつ着実に問題を解決していけばいつか何かを摑めると信じていたんだ」

「……」

「だが違った。こうして対峙して分かった。俺は今も、あの日に囚われたままだ」

形だけでも立ち上がり、歩み始めた気になっていた。しかし実際、敗北の過去に打ち棄てられた魂はその場で置き去りになっていて、自然と闇が晴れるのを怯えながら待っているだけ。惨めで弱い本質。才能に、環境に、全てに恵まれながらもジェイド・グレードはどこまでも凡人だった。

「決めたよ。力を貸してくれ、シルバー」

目を閉じ、手をかざす。光を放つ魔法陣から現れたのは、深く息を吐いて集中し、目の前の敵を睨み付けて闘志を燃やす銀竜。今まで数々の戦場を大空から支配してきた相棒は、その翼を広げて存在を誇示する事もなくただ静かに重心を低くする。敗北を受け止め、一時は失意し、再戦を誓っていたのは彼も同じだ。

　自分の意志で、自分達の意志で立ち向かい切り開かねばならない。この敵に勝利し、過去を払拭（ふっしょく）しなければ何も変えられない。ここで邪教を止めなければ、民を守れない。世界を救えない。約束を守れない。

「俺はもう逃げない。もう油断しない……！　全力で挑み、お前を越えてみせる！　来い、ヘレシー！」

　抜剣。そして強化魔法。普段は断りなく能力を補助すると不満を訴えてくるシルバーの瞳も、今は正面を見据えたまま動かない。

　眼前で堂々と戦闘準備を行っていても相手は自然体の立ち姿のまま。その悠然とした態度に焦（あせ）り魔法で牽制（けんせい）しようとしたところで――こちらの先制を戒めるように触手の怪物が前に出てきた。

「何かに挑戦し、心砕け、それでも手を伸ばす気持ちは私にも分かります。無謀な戦いに挑むのは、本当は相手を打ち負かすためではなく自分を納得させるため……ですよね」

　人の言葉こそ発しているが、無数の触手を蠢（うごめ）かせ、ぬめる水音を響かせながら移動する姿は異形そのもの。邪神との密接な関係を思わせる外観。およそまともではない肉体構造。見覚えはないが、相手が契約している召喚獣の一体だろう。

「ヘレシーさん、ここは私に任せて下さい。あの人は貴方(あなた)に出会う前の私に似ている。そう思うんです」

「そうなんだ？　じゃあお願いしようかな。彼、ちょっと勘違いしてるみたいだから目を覚ましてあげてほしいな。僕は先に行ってこの事を伝えてくるね」

勘違い。

油断しなければ、力を出し切れば勝てると言ってのけた挑戦者に向けた言葉。侮辱でも嘲笑でもなくただ事実を述べるようなその口調から、敵が未(いま)だにこちらを脅威として認識していない事が分かる。

勝たなければならない。実力を示さねばならない。奥の扉へと歩き去っていく宿敵の背中を追おうとして、それを防ぐように伸ばされた触手によって視線が遮られた。

「分かります、貴方の気持ち。私もそうでしたから」

場に残された異形の召喚獣が語り掛けてくる。本体と思(おぼ)しき部位は人型をとっているが、触手を含めた全長は大型召喚獣と呼んで差し支えのないもの。時間稼ぎを任されている以上はそれに適した能力も携えている筈であり、無視して先には進めそうにない。

「悩んで、苦しんで、それでも求めてしまう、繰り返してしまう。私の場合それは間違った行動ではありませんでした。最後には救われたから。救っていただけたから。ですが、結局はただ運が良かっただけで、今思えば本当に小さな可能性に賭けていたんだと別の未来を想像して怖くなります」

敵の召喚獣が大木を思わせる触手を内側から引き出し、増え続ける大量の触手が床を埋めながら人型の本体を高く持ち上げていく。空の支配者である竜を見下ろす挑発的な姿勢。

「ヘレシーさんは優しい方ですが、きっと甘くはありません。多分ですけど、さっきお会いした先輩も手加減は不得手だと思います。貴方は自暴自棄にならず一旦立ち止まって息を入れるべきです。……といっても、そう簡単に気持ちの整理なんてつきませんよね。今の自分の力を試してみたいですよね。だから――」

触手が床を打ち付ける。人型の本体が手を掲げ、黒い渦を喚ぶ。

「――私が貴方の壁になりましょう。受け止め切れるかは分かりませんが、ちゃんと役割を果たせるように頑張りますから」

黒渦から濁流が流れ込み、大量の水と触手が視界を覆う。

その光景は奇しくも一枚の大きな壁のように見えた。

19　誰が為の剣

「レティーシア、なんとジェイド君が……あれ？」

やあ、僕の名前はヘレシー！

久々に会えたと思った矢先に戦いを挑んできたジェイド君をハイドラに任せた僕は、その事をレティーシアに報告するために奥の階段室にやって来たんだ！

階段室の左右にはそれぞれ上りと下りの階段があって、真ん中のちょっとした空間には黒装束に身を包んだ人が倒れていたよ！　息はあるから気絶しているだけだろうけど、隣に落ちてる網みたいな歪な生物は死んじゃってそう！

上下の階段を覗き込んでレティーシアを探してみると、地下に向かう階段の奥から熱風が吹き上がってくるのを確認できたよ！

「レティーシア、いるー？　手伝おうかー？」

「ヘレシー!?　こっちに来たのね！　敵は邪教の信者よ！　襲ってきた敵と戦闘中なのだけれど、ここは場所が狭いし、敵も数が多いだけだから心配はいらないわ！」

「私もいるからねっ　こんなに早く護陣塔の中に入れるとは思わなかったよ」

レティーシアは戦闘中で忙しそうだね！　コン子さんもこんにちは！　絶対に過剰戦力だろうし、僕が手伝える事は無さそうかな？

「供物の力を増幅させて上層の大魔法陣へと送るための祭壇が地下にあるの！　敵はきっとそこに生贄や呪物を持ち込んでいるのだと思うわ！　それさえ取り除けば召喚は失敗する筈だから、このまま私達が制圧してくるわね！」

「なるほどー！　頑張ってねー！」

「頑張るわ！　貴方はそこで敵の挟撃を警戒していて頂戴！　【サンダーブレイズ】！」

要するに、上層の召喚に使おうとしてる力を地下で根本から絶とうって訳だね！

僕はまた見張り役になるみたいだけど……どうせ挟み撃ちを警戒するなら僕が上層に直接行けば良くない？　塔の一階にはハイドラとジェイド君がいて実質的に封鎖されてるし、敵が襲ってくるとしたら上層からしか有り得ないよ！

それにさっき顕現した時にハッピーが言ってたけど、今召喚されようとしてる存在って僕達と相性が良さそうなんだよね！　話し合いで平和的に解決できるかも！

「何もせず待ってるのも悪いし、こういう気配のひとの相手は得意だから僕は上を見てくるねー！　もう入り口側は塞がってて誰も入ってこないだろうからー！」

「分かったわ！　……えっ？」

というか多分ハイドラの水魔法か何かだろうけど、さっきから物凄い圧力で階段室の扉が押さえつけられてて完全に閉じ込められちゃってるんだよね！

扉がミシミシと軋んだ音を立ててるけどこればっかりは護陣塔の耐久性を信じるしかないよ！　この階段室の扉、なんだか護陣塔の壁や床と比べて脆くない？　塔が完成してから後付けされた管理用の扉だったりするのかな？

◇◇◇

「ヘレシーが……ヘレシーが行ってしまったわ」

「そのようだね」

護陣塔。その地下へと向かう階段の途中。

邪悪な禁術によって生み出された大量の魔法生物を雷で焼き払い、私——レティーシア・クレセリゼは上層へと向かったクラスメイトの身を案じていた。

彼との出会いは平凡ではなかったが、寧ろそれが良かったのだろう。入学式の日、私は人智を超えた恐怖に心を塗り潰され、大切なものが目の前で無惨に失われるという絶望の先に——ヘレシーという救いを見た。深い恐怖と絶望から助け出してくれた彼の前では、今まで積み重ねてきた全てが取るに足らない小さなものであるように思えた。そんな心情の変化に戸惑いと危機感を覚えつつも、どこか熱く濡れた悦びがあった事も確かだった。

　家の治癒師達の中には、私が恐怖により正常な判断能力を失い、依存に近い反応を体に植え付けられたのではないかと疑う者もいた。実際、護衛の魔術師を連れてヘレシーの部屋を訪れた際には彼本人もそのような事を言っていたのだが、結局のところそれは私達が関係性を築いていく上での切っ掛けに過ぎなかったのだと今では思う。

　一度弱さを見せた相手との、身分も使命も介さない等身大の交流。存外に楽しく、心地よく、そして甘かったそれは、多少強引にでも最初に壁を取り払ったからこそ生まれたものだ。

「大丈夫かしら。今からでも戻った方が……」

「そんなに心配いらないと思うけどね、私は。彼自身もそうだけど、特に召喚獣の彼女は私でも本質に関与できる存在じゃない」

　コン子は諭すような口調で話しながら階段を一段降り、このまま先に進もうという姿勢を見せる。彼女は私のいない所でもヘレシーと何度か会っているようで、その内容は食事の時などに共有していたのだが、この落ち着いた様子を見るに想像していたよりかなり強く彼を信頼しているらしい。

「対等に付き合っている相手なんだろう？　あまり過保護にしてもいけないよ。第一、彼は多少こちらが頼ってしまったところで気にするような器じゃない」

「そう……かしら。『貴族でありながら王都内の問題さえ自力で解決できず民に頼ろうなんて、王家の剣が聞いて呆れるね！』とか言われないかしら……」

「よくそんな的確に彼が言わなそうな言葉が出てくるね」

声真似の内容を想像したか、じわじわと口角を上げていったコン子が顔を逸らして含み笑いを隠す。

私とてヘレシーの実力を不安視している訳ではない。しかし本人が気にするかは別として、貴族として本来守るべき立場にある彼を戦闘に巻き込み、作戦の一翼を任せてしまっている今の状況には負い目があった。

小さく震えながら含み笑いに徹していたコン子だったが、足元に落ちていた魔法生物が液状に溶け出した頃になってようやく真面目な表情を取り戻して顔を上げた。

「コホン。ともかくここで考えていても仕方がない。地下を制圧すれば上層の危険も無くなるのだから、彼の身を案じればこそ私達は先を急ぐべきだよ」

「……それもそうね。手早く済ませましょう。合流した時に『随分と遅かったね。たかが無法者の制圧にそんなにも手間取るなんて、立派なのは生まれ持った爵位だけかな？』なんて言われたら悲しくなってしまうもの」

「その解像度の低いヘレシーやめてくれない？　絶対笑っちゃうから」

◇◇◇

恐らく時間稼ぎであろう魔法生物による波状攻撃を処理しつつ、私達は護陣塔の地下へと辿り着いた。

全てが広大な造りの護陣塔の中では天井が低く、幾分か常識的な広さとなっている地下空間。その中央にある祭壇を囲むように並んでいたのは頭部を隠す黒装束を着用した数人の男女だった。どこか線の細い彼らは小声で祈りの言葉を繰り返し、新鮮な血肉を積み上げた祭壇に向かって手を擦り合わせている。

その中でただ一人、教会聖職者のものに似た固有の装束を着用した女だけがこちらを迎えるように膝を突いていた。いつかの社交界でも見覚えのある、恐らく幹部格であろうその女は、侵入者の姿を認めると先程まで多数の魔法生物を生み出していた禁術の魔法陣から腕を引き抜いて立ち上がる。反対の手には血で濡れた白紙書が握られていた。

「貴女方の存在は予言されていました。起こるべき破滅から逃げ、誤った世界を維持しようとする愚かな人々の意志が敵対する存在をこの場所に遣わせるだろうと。まさか王家の剣が直接差し向けられるとは思いませんでしたが……結果は変わりません」

女が語るのは何者かによる予言。世界の滅亡を望み、邪神を信仰する集団――邪教。そこに属するような者が語る言葉など本来まともに取り合うものではなく、平時であれば狂人の妄想だと一蹴される内容でしかない。だが、今は発言者の強い信心に後押しされてか無視できない何かを感じさせた。

儀式の成否を左右するこの要所に配置されている人員がたったの数名である事が邪教という組織の規模を物語っているが、同時に邪教徒それぞれが高い実力を持っている事も示している。そしてそれは、邪悪な組織に貴族階級の人間が多く含まれているという裏付けでもあった。

「敵が来るという予言を聞き、私達は儀式の失敗を恐れたでしょうか？　違います。むしろ世界の行く末を見届ける観測者が現れた事を喜んだのです。貴女はそこで大人しく……？　っ⁉　そこにいる召喚獣は……まさか昨日、町で使者様を連れて行った水差し女……⁉」

女はどこか夢現（ゆめうつつ）な表情で語っていたが、コン子の姿を確認した途端に目を見開いてそれまでの雰囲気を一変させる。その変貌ぶりは、まるで信仰に瞳を曇らせていた狂信者が一人の乙女へと立ち返ったかのようだった。

「くっ……なるほど、最初から私達の邪魔をするために使者様に近付いたという事ですかっ　やはり昨日あの場で消しておくべきでした。本来は私が使者様と一日を過ごす予定だったというのに……ッ！」

「ん……ああ。キミはあの路地裏で彼を困らせていた人間か。あの後、彼はキミの事を手の掛かる厄介な信者だと言っていたよ」

「下らない嘘ですね。私と使者様は世界を終焉に導く運命で繋がった同志。行きずりの女ごときに関係を理解できよう筈もありません」

「私の豊かな肉体に魅力を感じるとも言っていたよ」

「それも嘘ですね。世界の滅亡とは全てが虚無に帰す事と同義です。つまり余分な物を削ぎ落とした機能美こそが教団の目指す姿であり、私はそれを体現しています」

「コン子、話が進まないから少し黙っていて頂戴」

　どうやら二人も面識があったらしい。コン子は相手を揶揄っているだけだろうが、それに対抗する邪教の女は譲れない何かを守るように無理のある論法を振りかざしている。コン子には可能な限り自由行動を認めているものの、交流する相手くらいは選ぶように言い含めるべきかも知れない。

　邪教の女はコン子と言い争う最中も注意深くこちらに視線を向けていたが、私がコン子に向き直って顔を逸らした瞬間、僅かにその警戒が緩んだ。

「【投擲(スロー)】」

腰に手を当てた姿勢のまま、制服に潜ませていたナイフを抜き放つ。狙いは脚。

一切の殺気を伴わずに手首の動きだけで投じられたナイフは、『戦技(せんぎ)』――人類史に積み重ねられてきた行動と結果の再現によって正確かつ高速に撃ち出され、乗せた魔力の分だけ加速して空間を切り裂く。

軽量物でありながら弩砲(どほう)の剛弾をも超える破壊力を得たナイフは瞬時に邪教の女へと到達してその下半身を吹き飛ばすかと思われたが、しかし実際には地下室内に複数展開されていた透明な障壁に阻(はば)まれてその半数を破壊するに留(とど)まった。

コン子に目配せをすると、彼女は何でもないように頷(うなず)いてみせる。

「あら。防御魔法があるのは分かっていたけれど、思ったより数が多かったようね」

「ッ……、やはり出鱈目(でたらめ)な力ですね……！　しかし止めました。乗り越えました。これこそが世界の意志です！」

邪教の女が震え声で勝ち誇ると同時に速度を失ったナイフが床に落ち、即座に他の信者達によって破壊した防御魔法が再展開されていく。

このまま単純な魔力比べをしても突破は可能だろうが、上層に向かったヘレシーの事を思うと悠長な事はしていられない。

「貴女はもう貴族ではいられないわ。一族全員が処分されるかも知れない。目的や経緯は分からないけれど、この騒動にそこまでの価値はあったのかしら？　断頭台に立ったご家族は貴女に何を想うのでしょうね」

「終末の先を考える必要がありますか？　これらは全て数年前に辺境から持ち込まれた書物に記されていた事です。未知の生物の皮で創られたその聖書は、世代を超えた長い準備と調査が必要かと思われていた私達の計画を大幅に早めました。そして祈りが十分な量に達した数日前、ついに邪神様が私達を迎えるためこの地に姿をお見せ下さったのです！」

「都合の悪い言葉から目を逸らし、言いたい事だけを言う。名のある貴族として褒められた行いではないわね」

「キミがそれを言うのか……」

　相手の欠点を指摘した私に対し、何故かコン子が呆れ声を出した――その時だった。

　強い震動。空間を包み込む邪悪。祭壇から狂気を含む漆黒が溢れ出し、護陣塔全体が脈動したように熱を持つ。捧げられた血肉と祈りを動力にして、世界に暗影を齎す何かが現れようとしている予感。

「これは……」

「ふ、ふふ……！　終わりです。もう止められません。一度起動した大魔法陣は、汲み上げた祈りを必ず形にするのです！」

　邪悪で不吉な気配が空間に満ちる中、邪教の女は恍惚とした表情で歓喜に打ち震え、祭壇の信者達は天井を振り仰いで涙を流す。まるで既に目的が達成されたかのような態度。

「王家の剣が現れた時はどうなる事かと思いましたが、貴女達が無駄口を叩くばかりで助かりました。そこで私達と共に世界の終わりを見届けて下さい。これ以降は人の手では決して介入できない神秘の領域です！」

「コン子、こう言っているけれど？」

「じゃあ私は構わない訳だ。準備も終わった事だし早速やってしまおうか」

「え――」

　コン子が指を鳴らすと同時、室内に満ちていた気配が反転した。

　邪悪は神聖に。呪いは祝福に。コン子の放つ威光が、人智を超えた清らかな力が、空間に満ちていた不吉な気配を反転させ、神秘の光で塗り潰していく。

　邪悪の祭壇として機能していた地下室は、一瞬のうちに光溢れる聖域へと様相を変えた。

「なん、ですか……この澄んだ、清らかな空気は!?　その召喚獣が書き換えたのですか!?　私達の祈りを……積年の願いを、こんな形に……ッ!?」

「悪いね。対象が相容(あいい)れない存在とはいえ、人の子の祈りを無下にするのは少し心が痛むけど……今は状況が状況だからね。それに、他人の未来を踏みにじろうとしたのはキミ達も同じだろう？」

「っ、この、女狐(めぎつね)……！　水差し女！　無駄乳！　体重が私の倍以上ありそう！」

「ええ……？」

「一気に知能が低下したわね」

　計画が破綻し、慣れない様子で罵倒を繰り返している邪教の女。その姿を視界の端へと追いやり、清らかな光で満ちた室内を観察する。

　ここから新たな神話が始まるのではないか、そう思わせる程に神聖な空気に満ちた空間。しかしそこには目を背けようにも難しい変化があった。

「コン子、邪悪な力を塗り替えられた事は喜ばしいのだけれど……なんだか元より力の総量が増えていないかしら」

「……実を言うと少々張り切ってしまってね。力の向きを変えるだけでなく一部加えてしまったんだ。まぁ、それでも清い力には変わりない。想定より格の高い存在が召喚されてしまったとしても、その性質は極めて善性――この世界の人々にとって救いとなる存在である筈(はず)さ。ヘレシーが危険に晒(さら)される事もないだろう」

「なら良かったわ。ありがとう」

「なに、大した事じゃないさ。わざわざ召喚師に時間を稼いでもらったのだから、召喚獣としてこのくらいはね」

　コン子が大きくゆったりと尻尾を揺らす。彼女は直接的な言葉で好意や信頼を伝える性格ではないものの、時折そういったものが垣間見(かいまみ)えるとやはり召喚師としては嬉(うれ)しく思う。

「……随分と悠長に話をしていると思っていましたが、時間を稼がれていたのはこちらだったという事ですか」

「こんな緊急時に敵の目の前で無駄話をする訳がないだろう。まして、別行動中の彼に危険があるかも知れない状況で」

「私としては貴女が意外にお喋(しゃべ)りで驚いたわ。邪教というくらいだから、もう少し陰気な人間が多いと思っていたのだけれど」

「陰気なのは学園に潜入していたもう一人の幹部だけです！　あぁもう！　こうなったら腹いせに一矢(いっし)報いてやりますよ！　王家の剣がなんですか！　努力が才能を上回る事を証明してみせます！」

　清らかな光を放ち始めた祭壇から逃げるように蹲(うずくま)る後ろの信者達とは違い、幹部格であろう女は慌ただしく表情を変えながらも魔法陣を展開して闘志を滾(たぎ)らせる。どうやら次善策は用意していないらしい。

　このまま邪教徒を制圧し、ヘレシーと合流した時の事を考える。地下での活躍を報告すれば彼はきっと私達を褒めてくれるに違いない。コン子はその力で儀式の方向性を根本から書き換えるという大きな成果を挙げた。そして私は…………私は……？

「……コン子はそこで休んでいて頂戴。後は私が制圧するわ」

「何故休む必要が？　……キミ、もしかして私が活躍したからって残りの功績を独り占めしようとしているんじゃ――」

「【アイスソード】」

　前方に手を突き出し、滑り込んできた氷の長剣を握る。魔力で構成されながら実直と剛健を体現したそれは、刀身から冷気と死気を振り撒く正義の一振り。

「世を混乱に貶める邪悪の徒よ、向かう勇気があるのならば武器を取りなさい。私はレティーシア・クレセリゼ。民を守り、王家を支える使命を持った――今は友人のために振るわれる剣よ」

20　悪魔

やあ、僕の名前はヘレシー！　地下に向かったレティーシア達と別れた僕は、ご立派な装飾が施された階段を上って護陣塔の上層に到着したんだ！　地上階の天井の高さから予想はついてたけど、上層まではかなりの段数があったね！　畑仕事で足腰を鍛えていなかったら息切れしてたかも！

階段を上り切った先には広めの空間と大きくて立派な両開きの扉があったよ！　複雑な紋様を刻まれたその扉は見るからにガチガチに封印されてるんだけど、側面の蝶番（ちょうつがい）を抉（えぐ）るように破壊されて根元から斜めに外れちゃってるね！

ズレた扉と壁の隙間から少しずつ顔を出して中を覗（のぞ）いてみると、そこには地上階よりも更に大きな空間が広がっていたよ！　天井も真上を見上げる程に高いね！

そんな部屋の中心では黒装束の人達が魔法陣を囲んでいて、なにやら儀式が執り行われてる様子！　多分あそこにあるのが建国神話の大魔法陣ってやつなんだろうけど、正直思ったより小さ……コンパクトに纏（まと）まってるね！　召喚場（しょうかんじょう）にある魔法陣の二倍くらい？

聖獣を呼び出したっていうくらいだから僕には想像もつかない規模なんだろうなって勝手に想像してたんだけど……まぁこういう期待からの落差も観光の醍醐味だよね！

　また一つ大人になりながらも部屋の中に入ってみると、黒装束の人達が暗い表情で暗い歌を歌ってるのが確認できたよ！　底無しに陰気な雰囲気なのに本人達はどこか楽しそうなのが好きな事やってる感あっていいね！

「使者様！　お出で下さいましたか！」

「えっ……サヴァン先生……？」

　大魔法陣に近付いてみると、なんと成績点……サヴァン先生が泣き笑いしながら立ち上がって僕を迎えてくれたよ！　召喚獣が本校舎にいたから本人も無事だろうなとは思っていたけど、こうして久々に元気な姿が見られて良かったよ！　僕達みたいに護陣塔を悪い人達から取り返しに来たって訳ではないんだろうけどね。状況的に。

　まぁサヴァン先生の目的が何であれ発見できたのは事実だし、僕が最初に見つけたって事にして成績点を貰えないかな？　もうそれどころの騒ぎじゃない？

「あの、ここで何を？」

「外で戦ってくれていた召喚獣に別れを告げていました。ですが後悔はありません、私もすぐに彼の元に向かう事になるのですから。ご覧下さい。たった今、儀式は成りました！

我々の勝利です！」

「我々……？」

「全てはこの聖書に記された通りに進んでいます。さぁ、こちらへ！」

一冊の本を掲げたサヴァン先生が、いかにも不吉そうな黒い光を溜め込んだ大魔法陣を背にして喜んでいるね！　思い通りに計画が進んでいるらしいのは大変結構なんだけど、僕を自然に仲間扱いするのだけはやめてね！

状況的に護陣塔の扉を破壊したのはサヴァン先生達だろうし、本校舎に攻撃してたゴーレムもサヴァン先生の召喚獣だし、今だって不吉な何かを召喚しようとしてるんだよね？　こんなの少しでも関与を疑われた時点で人生終わりだから。

『縺ゅ?諸ｫ縲∝燕縺ｮ譚鷹聞縺梧搗縺九ｉ謖√■蜃ｺ縺励◆迚ｩ縺c縺ゅj（……あの方が持っている本、前の村長が村から持ち出した物じゃないですか……？）』

え、あのサヴァン先生が聖書とか言ってるやつ？　……いやいや、僕達の村から王都までどれだけ距離があると思ってるのさ。本の内容だってギリギリ法を犯してる感じだったし、そんな本が王都なんかに持ち込めるわけ……いや、うん。あの表紙は確かに村にあった本だね。村の書庫に平置きされてた生皮（なまかわ）の本だね。間接的とはいえ事件に関与しちゃってるね。もう僕は退学でいいから村の人達だけは勘弁してくれないかな？

僕がどうにか本を回収して証拠隠滅できないか考えている間にも儀式は進んで、大魔法陣からドス黒い光が噴き出して護陣塔全体が揺れはじめたよ！　あれはきっと召喚の予兆だね！　召喚に巻き込まれてあの本消えてくれたりしない？

「始まった……！　やった！　やったぞ！」

「と、届いた……我々の祈りが邪神様に届いたのだ！」

「ああっ、邪神様！　今こそ世界に破滅を！　我々に救いを！」

暗い顔で歌っていた黒装束の人達も顔を上げて盛り上がっているね！　でも初対面の相手の事を勝手に変な呼び方するのはやめた方がいいよ！　違ったら失礼だから！

「ついに、ついに！　ただ今から邪神様が顕現されます！　使者様、どうか邪神様にお声掛けいただき、我々の望みをお伝え下さい。使者様のお言葉であれば邪神様にも届……、ッ!?　なんですか、この光は――ッ!?」

「うわ、まぶしっ」

いよいよ誰かがこの世界に顕現するっていう時になって、急に空間を満たしていた暗い雰囲気が一転して大魔法陣から清らかで神聖な光が溢れ出したよ！　まるで召喚する相手に捧げる筈だった力が寸前ですり替えられたかのようなその光景に、サヴァン先生も本を手放して狼狽しちゃってる！　これ絶対失敗したでしょ。

「な、なんだこれは⁉　聖書に記されていた反応と違う！」

「待て！　上……天井付近に何かが召喚されている！」

「あれが……邪神、様……なのか……？」

あ、想定外の動きっぽかったけど一応誰かは召喚できてるみたい。

口を半開きにしながら天井を見上げる黒装束の人達に倣って僕も頭上を仰ぐと、そこには純白の翼を広げている人型の存在がいたよ！　白を基調とした法衣みたいな服装がよく似合っていて、神話やお伽話に出てくる聖者様みたい！　思ってたのと違う！

外見はすごく清らかで神々しいんだけど、見てるとすっごく嫌な感じがするし、本能的な忌避感で鳥肌が立っちゃうね！

「jajajajajajajajajajajaja!!!　ジャ。シーシーシー。hee……aa……　あー、こうか」

なんだか翼の生えた存在が波長を合わせるような声を出しているね！　もしかして話し掛けてこようとしてる？　知性のあるタイプかぁ。

「jajaja……！　そうだ、俺が邪神だ！　さあ人間よ、天使を殺せ！　女神を殺せ！　そして俺に穢れと血肉を……いや、やっぱ無し。冗談でも気持ち悪ぃわ。オエッ」

あ、意味の通る言葉が聞こえてきた。整った見た目に反して言葉遣いが乱暴なのがちょっと面白いね！

うーん。なんとなく嫌な感じがして、よく分からない事を語り掛けてきて……こういう存在の事を昔故郷で聞いた覚えがあるんだけど何だったかな。少なくとも善良な存在ではなかった気がするよ！

「ハァー、ここは下位世界の……かなり中心から離れた所みてぇだな。完全に孤立しちまったようだが、考え方によっちゃ好都合か」

「あの……じゃ、邪神様……？」

「あ？　……あぁ、俺を引っ張り込んだのはお前らか。ご苦労ご苦労。丁度時間が必要だったんだよ。ほんとウンザリだわ。あのクソの『尖兵』も、『母胎』も」

「は、はぁ」

言葉は通じるようになったけど、具体的に何を言っているのかは理解が難しいね！　サヴァン先生が助けを求めるように視線を送ってきてるけど僕だってお手上げだよ！

「『子飼い』もこんな所までは見に来ねぇ。折角の機会だ、潜伏して様子を見るのも悪くねぇか。おいテメェら、今から……そうだな、まずは千年。これまで通り世界を維持しとけ。そしたら望みのものをくれてやる」

「せ、千年……!?　あの……我々は今すぐ世界を滅ぼしたいと……」

「はぁ？　馬鹿な事言ってんじゃねぇぞ。人間なんてのはな、何も知らず、何も考えず、その瞬間までのうのうと生きていればいいんだよ！　【永く穏やかな人生を】ってな！　jajajajaja!!」

「どういう……事なんだ……!?」

「こんなもの、我々が求めていた終末と違う！　あれは邪神様ではない！」

「私達は何を呼び出してしまったのだ……!?」

なんか黒装束の人達と翼のひとが揉めてるね！　悪い人達がヤバそうな存在を召喚しておきながら話が噛み合わず混乱してるのは見ていて面白いんだけど、無関係の人間からすると対応に困るから認識の擦り合わせくらいは円滑に済ませてほしいな！

「jaja……分からねぇか？　これは契約だ。たった千年の安寧で永劫の『救済』が得られる……こんなにも旨い話はねぇよなぁ!?」

「使者様、これは一体……!?」

「我々は運命を共にする同志。使者様のご決断に従います！」

困った黒装束の人達がこっちにパス回してくるのヤバ過ぎる。勝手に運命を共にする同志にされてるし、これもう儀式が失敗した腹いせに僕を道連れにしようとしてるでしょ。

召喚された存在が何かなんて僕に訊かれてもなぁ。綺麗な声で綺麗事を並べてて、善良な存在に見えるけどすっごく危険で嫌な感じがして……あっ、思い出した！

あれって故郷で前に聞いた『悪魔』とかいう存在なんじゃないかな？　聞き心地のいい言葉で契約を迫って、その直後は幸せになれたとしても結果的には破滅させちゃうっていう怖い存在！　姿が清らかで端麗に見えるのも、自分を神聖な存在だと思わせる擬態だとすれば辻褄が合うよね！　そうして人の警戒心を解いて危ない契約を結ぶ……みたいな！

『ｱｱ謨ｵ縺ｧ縺吶√繝ｻ繧ｷ繝縺輔s縲る（危険です、ヘレシーさん。顕現します）』

「へ？　あ、うん。いいよ」

昔聞いた話を思い出せてスッキリしていると、ハッピーが珍しく有無を言わせない様子で出てきたよ！　今回は千切れたりせず一塊のまま落下できて偉い！

まぁ地上階ではギリギリ隠蔽が間に合ってジェイド君から見られずに済んだけど、今は大勢の前で顕現しちゃってるからもう開き直るしかないんだけどね！　床に付いちゃった血なんて後で掃除したら良くない？

「なんですか、この揺れ……は……？　肉、いや、人……間……!?」

「まさか本物の邪神様が……？　ッ、違う……違う！　こんなもの……来るな……っ来るなああああああああッ!!」

「が、ぎ……あひ、あが、あが」

あ、サヴァン先生や黒装束の人達が蜘蛛の子を散らすみたいに壁際に逃げていっちゃった。いくらハッピーの見た目が個性的とはいえ、見るからに危険な翼のひとを召喚した時より反応が大きいのは流石にどうかと思うな！　別に彼女だって意図的に誰かを怖がらせようとしてる訳じゃないんだからさ。ね、ハッピー！

『縺医▲縺ｨｧ寠螟壼ｰ代?蠖髫縺励※縺励∪縺｣縺ｦ縺?k縺九b一縺励縺縺帙s縲ゆ甄?縺九→縺雁ｨ（えっと……多少は影響してしまっているかも知れません。今はかなり威圧しているので……）』

威圧……あっ。でも大丈夫大丈夫！

こうなったのも本を正せばサヴァン先生達のせいだし、危険からは身を守らないといけないもんね！　これは正当防衛だよ！

「尖……兵……？　おい、なんでこんな所に『尖兵』がいやがるッ⁉」

「え、なにが？」

「クソッ、罠か……！　個別に下位世界に引きずり込んで各個撃破だと……？　チッ、腐れ肉団子風情が変な知恵つけてんじゃねーよ死ね！」

ハッピーの姿を見て固まっていた翼のひとが我に返って騒いでるね！　……もしかして知り合いだったりする？　僕が言えた事じゃないけど友達は選んだ方がいいと思うよ！

『蜒ｱｱｶ縺?╤縺励g縺??ょ代→縺上↓縺ゆ?∞?九?遘√?險倣縺?縺ｫ縺縺ゆ･j縺縺帙

s寠ｧ寠ｧ縺縺吶′縲∵雰縺（どうでしょう。少なくとも個の私の記憶にはありません。……ですが、危険な相手だっていう事だけは分かります）』

へー、そういう感じなんだ。よく分からないけど、そういった感覚は僕なんかよりハッピーの方が遥(はる)かに優れてるから信用してるよ！

でも今みたいな場合ってどうやって対処すればいいんだろ。あのひと、一応は召喚獣っていう扱いだろうし術者に確認せず攻撃するのはマズいと思うんだけど、召喚した人達とはもうまともに会話できそうにないしなぁ。こっちから手を出したら捕まったりする？

「……ここにいるのは『尖兵』だけ、みてぇだな。はぐれの相手なんて一塊だけで十分だってか？　舐(な)めやがって……！　【不浄なる存在に滅却の光を】ッ！」

おー、翼のひとが呪文みたいな言葉を唱えたら、上から金色がかった光の柱が差してきたよ。室内なのに。

ただでさえ清らかな外見だったのにそれっぽい光まで呼び出して最高に神々しくなった翼のひとは、こっちを睨(にら)みつけたまま光柱に手を入れてその中心部を握り潰したよ！　手元で爆発した強烈な光が瞬時に空間全体に広がって……あ、これマズいかも——。

「ハッピー！」

眩(まぶ)しさに顔を庇(かば)いながら咄嗟(とっさ)に隣を見た僕の目に入ってきたのは、拡散する光に貫かれて泡立つように破裂する家族の姿。

「jajajajajajaja!!!!　見たかクソッタレ！　孤立させた程度で喰い殺せると思うなよ！　死ぬのはテメェだ！　死ぬのはテメェなんだッ!!」

上から彼女を嘲るような笑い声が降ってくる。

僕の足元に残ったのは、肉片の入り混じった赤黒いスープのような水溜まりだけ。

なるほど。これは確かに危険、だね。

21　現実：

平和の象徴にして国防の要。とある特別な魔法陣を守るべく造られた建造物——護陣塔(ごじんとう)。

そんな塔の上層で、この日、本来であれば敵対する筈(はず)のない者同士が対峙(たいじ)していた。

「まさか家族が破裂する様子を見せられるとは思わなかったよ。珍しい経験だとは思うけど、全く気分の良いものじゃないね」

床に立ち、天井を見上げるのは一人の少年。その親しみ易(やす)い顔立ちは見る者に温厚な印象を与える一方で、黒塗りの瞳からは感情の機微を読み取る事ができない。

どこか超然とした雰囲気を持ってはいるものの彼の身体(からだ)は等しく人間であり、高位の存在と相対するには余りにも脆弱(ぜいじゃく)だった。

「家族だぁ？　何を言って……あぁ。人間、お前……『穢染体(ミスケラ)』なのか」

そんな少年を見下ろすのは光柱を背負った純白の翼徒。意図せずこの世界に顕現する事になった彼女は、孤立して主神との繋(つな)がりが薄れた今なお多くの神聖と祝福を内包している。

「？　僕はハッピーの家族だよ。僕が兄で彼女が妹で……え、違う？」

「……穢れが記憶にまで回ってやがる。洗脳されたのは昨日今日の話じゃねぇな。もっと前……ガキの頃から取り入られてんのか。可哀想に」

翼徒は悲痛な表情で少年の歩んできた人生を想う。人として本来得られる筈だった幸福や平穏の全てを奪われ、今日まで利用され続けてきた哀れな器。邪神の眷属による酷く理不尽な所業を目の当たりにし、彼女は憤りと共に強い使命感を覚えて目を細めた。

「安心しろ、お前は俺が救ってやる。【人の子よ、その身に此の祝福を】——」

『縺輔〇縺ｾ縺帙ｓ縺ｧ縺?ｼ！』

洗脳と汚染から少年を救うため、翼徒が高度を下げて彼に手を伸ばしたと同時、それに反発するように床が、壁が、天井が混沌に沸き立ち、粘り気ある血と肉の大波が現れた。

穢れ塗れたその血肉に込められるのは怒り。相反する存在による身勝手な行いを阻止すべく急造された半液状の肉体が、善なる天の使いを喰らおうと空間の中心へと殺到する。

「な、早っ……!?　チイッ！　【邪悪よ、穢れよ、我が輝きを見よ】！　ぅ、ぐっ！　っあああああアアッ！」

翼徒は決して警戒を解いていなかった。しかし敵の再顕現が早過ぎた。翼徒は咄嗟に生み出した光球を炸裂させて迫り来る血肉を焼き払ったが、全方位から際限なく押し寄せる

狂気と穢れによってその眩い光さえもが取り込まれ、圧し潰されていく。

『尖兵』の通常個体であれば既に消滅しているにも拘わらず、それでも尚勢いを増しながら流れ込む滂沱の血肉。それらは光に焼かれ体を失いながらも圧倒的な質量を以て翼徒へと喰らい付き、彼女の腕を、脚を食い千切りながら身に宿る祝福を汚染する。美しく澄んだ魂を穢す。

「あッぐ、せ、『尖兵』風情がッ、俺を、舐めるなあああああッ‼」

——回帰。

古典召喚術によって単身でこの世界に呼び出され、主神との繋がりが薄れた事により残量を意識しなければならなくなった神聖と祝福。翼徒はそれを多量に消費して、全身を喰い尽くされる寸前で燃え盛る車輪を生み出した。

現れた二重車輪の中心に灯る種火は世界を静謐に染め上げる一滴。その小さな種火が零れ落ち、激しく流れ込む穢れの一部に触れた瞬間——空間内にあった全ての血肉が最初から存在していなかったかのように燃え上がり消滅した。

「っ……はァ、はぁ……ッ！　なにが……クソッ、すぐに治療を……！」

不意打ちからの攻防を征したのは翼徒。しかしその代償は大きかった。

邪悪の気配は遠ざかり、今この場所を満たしているのは温かな光と神聖な空気だけ。そんな静かな空間の中、翼徒はむしろ警戒を強めながら肉体の浄化と再生に尽力する。

「ク、ソ……治りが遅え……力も使い過ぎた……！　何なんだ、あのイカれた個体は……っ！」

普段よりも遥かに長い時間を費やして元の姿を取り戻した翼徒は、体の調子を確かめるように翼を羽ばたかせて浮き上がり、悪態をつく。

膨大な穢れと狂気。全てが規格外の敵との邂逅。単独では決して対峙してはならない強い汚染力を持った邪悪そのものが、わざわざこの低次元の小世界を平らげるために顕現している。

敵はどこからその異常な力を得ているのか。何があの個体を『尖兵』として逸脱させているのか。その疑問の答えは、彼女の直ぐ足下にあった。

「ハッピーの体が……君、本当に危ないね。あまり他のひとに迷惑は掛けたくなかったけど、これは仕方がないかな」

「ガキ……そうか、穢れを溜め込ませた『穢染体』から力を取り出してやがるのか……！」

邪神の狂気に侵された人間は夢を見る。無意識下の後悔を、逃げ切れない過去を、或いは有りもしない原罪を培地とした永い絶望の悪夢を。

その絶望と恐怖は心の奥底に種を植え付け、やがて芽吹いた種は宿主の人格を蝕みながら育ち、狂気の花を咲かせる。

自我すら完成していない幼少期の子に取り入り、その身を不浄の器として扱うという非道。長い時間を掛けて精神に、魂に注がれ続けた穢れはやがて元の感性を完全に壊し、上書きされた人格と常識は本人に狂った別世界を見せる。

目の前の少年が穢れの坩堝へと作り変えられた事を確信した翼徒は、激しい義憤に駆られて歯を食い縛った。

「ここは農場って事かよ、クソが……！　……絶対に認められねぇ。あのバケモンが戻ってくる前にこのガキだけでも浄化してやらねぇと……！」

先程は想定より遥かに早かった敵の再顕現によって奇襲を受けたが、その勢いが強かっただけに滅却した穢れの量も相当なものだ。いかに異常個体とはいえ敵も大きく消耗している筈であり、再び顕現するには暫くの時間が必要になるだろう。

少年を浄化するには今しかない。翼徒はそう判断し、自身の行動を決定付けた。

(だが……)

そして、同時に哀傷の念を抱いた。

ここまで深く、根本から作り変えられている人間を救うには一度その存在ごと浄化して神聖な存在へと再構築しなければならない。人を慈しみ、愛し、祝福する存在が一時的とはいえ人を手に掛けてしまうという矛盾。

（……）

心慮は一瞬。

閉じていた目を開いた彼女は、努めて柔和に微笑んで足下の少年に語り掛けた。

「ガキ、今までよく耐えたな。最初は驚くだろうが……苦しいのは一瞬だけだ。今日までの悪い夢は全て忘れられる。心配すんな。テメェが空っぽになっちまったとしても、これからは俺が護り、そして永遠に愛そう――【再生の炎に寵愛と祝福を】」

止まっていた車輪が再び回転を始め、翼徒の胸元に小さな炎が灯る。巨悪に立ち向かうには余りにも心許なく見えるそれは、紛れもなく彼女の愛だった。

身を焼く痛みも、苦しみも、せめて一瞬で。そんな願いを込められた炎が、燦々と光を放ちながら少年の元へと落ちていく。

それから数瞬。自ら手を下した結果を受け入れるべく翼徒が見つめるその先で、再び想定外の出来事が起きた。

『蝗医ｊ……縺ｾ縺……邨ｶ蟇ｾ縺ｫ……!!』

何度目かの空間の裂け目。吐き出される粘肉。

放たれた炎から少年を庇うように現れたのは、形崩れ、弱々しい鳴き声を発する『尖兵』の肉体。文字通り肉壁として聖炎を受け止めた邪神の眷属は、その中心部を刳り貫くように焼き尽くされて黒く変色しながら床に落ちていく。

「な……!?　マジでどうなってやがる……！」

妨害が間に合う筈のない時間だった。しかし事実として敵は不完全ながらも体を構築し、この世界に干渉してみせた。翼徒はその事実に思わず声を上げ、大きく羽ばたきながら身構える。

『繝倥ヨ繧ャ繝ゾ、縺輔s……辟。莠……』

「……流石にさっきまでの勢いはねぇか。再生を中断して出てきただけみてぇだな」

顕現した瞬間から崩れ、今は焼け爛れて床に張り付いている『尖兵』の肉体。蠢きながらも少年に向かって腕のような器官を伸ばそうとしているが、ただそれだけ。

溶けた人面が発する音を無視して翼徒がもう一度少年に向けて炎を落とすと、敵は自らの体を引き裂きつつ飛び跳ねてそれを庇い、泡立つように焼け固まって動かなくなった。

「ハッピー大丈夫？　……ハッピー？」

死骸ともいうべき物体に少年が駆け寄って両手を突く。炭化した肉と床にこびり付いた血に向かって語り掛ける少年の姿は、まるで本当に大切なものを失った子供のよう。

翼徒はその様子を痛ましく思いながらも、『尖兵』が自らを犠牲にしてでも少年を守ろうとした一連の行為に疑問を抱いた。洗脳し、利用している人間に少なくない価値を見出しているのだろうが、あくまで外付けの容器でしかない『穢染体』のために消耗を繰り返しているようでは本末転倒だ。浄化を防ぎたいのなら、ただ取り込んで同化すれば良い。

「そこまで固執する理由は知らねぇが、どうしたってそのガキが大事らしい。だがな、そいつはテメェの玩具なんかじゃねぇぞ……！　命の使い方ってのは、持ってる本人が決めんだよッ！」

本来の人格を取り上げられ、見える世界も、生きている意味さえも歪められた少年。それを今更庇い立てる敵の矛盾。目の前で起こる理不尽と身勝手に叫んだ翼徒は、再び高度を下げて少年の隣に降り立った。この哀れな子供は祝福されるべきだと思った。

「ガキ、俺が見えるか。この手が取れるか」

翼徒が少年へと語り掛け、手を差し伸べる。

「……辛かったな。もう苦しまなくていい。もう耐えなくていい。お前は人の子として、愛と快楽の中で永遠に祝福されるべきなんだ」

床に付着した血で汚れる事も厭わず、翼徒は少年のすぐ隣に膝を突いて彼の手を取った。感じたのは血の温かさと──手の冷たさ。この短い間に少年は手の平に大きな裂傷を負っており、そこから多量の血液を流していた。

「は……おいガキ、この怪我はどうした！　悪い、まさか戦闘の余波で……」

「へ？　あぁ、これは今自分で付けた傷だよ。ハッピーの骨って鋭い断面になる事が多いから借りたんだ。レティーシアからさっき教えてもらった事を試そうと思って」

「何馬鹿な事を言ってやがる……！　待ってろ、そんな傷すぐに治してやるからな。俺はお前を信じる。お前の全てを受け入れる。だからガキ、お前も俺を――」

「【交感】」

瞬間、今いる世界が色を失い、別の世界へと切り替わった。

翼徒の眼前に広がったのは穢れ無く澄み切った世界。隣には変わらず少年が立っており、まるで初めて使った魔法の効果に驚いているかのように周囲を見回している。

自分を受け入れた相手に魔力を流す事で発現する極めて原始的な魔法――【交感】。本来なら上位存在に干渉できる筈もないその魔法が、今は術者の精神世界で両者を邂逅させるまでの強制力を発揮していた。

「これは……!?　ガキ、お前の世界……なのか……？」

「え、何これ。こういう魔法だったんだ？　召喚獣の状態を知る魔法だって聞いてたから、敵の弱点が分かれば少しでも役に立てるかなって思ったんだけど……なんだか先生から聞いてた話と違うなぁ」

白く透き通った世界を見渡しながら少年が首を傾(かし)げる一方で、その隣に立ち尽くす翼徒はこの空間の在りように動揺を隠せずにいた。

通常、『穢染体(ミスケラ)』と化した人間の精神は穢(けが)れと狂気によって痛ましく変容する。しかし今見ている空間にはその影響の跡どころか、一切の悪意や暗所さえもが存在していなかった。

翼徒は出血する少年の手を取り、その傷口を祝福して治療しながらも眉を顰(ひそ)める。

少年はこの純真によって穢れと狂気を撥(は)ね除(の)けたのか。

それとも——汚染と洗脳の末に壊れる心さえ失ってしまったのだろうか？

『縺昴?蕁ｺ縺ｫ繧∬ｧｦ繧九→縺ゅ≠縺ゅ≠縺ゅ≠縺ゅ≠縺ゅ≠縺ゅ≠縺ゅ≠繝?ッ?ッ』

空間を引き裂く絶叫。怒りと焦燥の発露。

硝子(ガラス)が割れるような音と共に少年の精神世界が砕け散り、背後から突き出てきた鉤(かぎ)状の肉塊が翼徒の腹部を貫いた。

「う……ぶ、」

刺突の衝撃で体を持ち上げられた翼徒は、掠(かす)れる視界で状況を理解すべく周囲を見渡す。

白い壁。白い床。そして混ざり合う光と闇。それぞれを順に目で追い、自分が呼び出された場所——護陣塔(ごじんとう)に戻ってきた事を理解する。

その間も翼徒は腹部の肉塊を取り除こうと藻掻(もが)いていたが、空いた穴から侵入した無数の肉管が体内を喰(く)い破りながら根を張り、直接体内へと穢れを流し込み始めた。

「ああッ、あああああああああっ‼　ッぐ、【焼(く)べた命を煌(きら)めく光に】——！」

残った力だけでは最早(もはや)この状況を覆(くつがえ)せない。翼徒は自らの格を大きく削って一時的な力へと変換し、命の輝きによって内部に入り込んだ肉管と穢れを焼き払った。

どうにか貫かれていた体を自由にして床に転がり落ちたものの、立ち上がろうとしても手足に力が入らず穴の空いた腹部を押さえて膝を突く事しかできない。

「はぁっ……はぁっ……！　何が……どう、なって……やがる」

血に汚れた床上で意識を朦朧(もうろう)とさせる翼徒が見たのは、先程よりも巨大かつ不定形に近くなった『尖兵(せんぺい)』が少年に身を寄せている様子だった。

境界を曖昧にした輪郭。何かの接続を待つ肉穴。体表で脈打つ瞳と、収縮と増殖を繰り返す無数の肉腫。生の概念を超えて空間に伝播(でんぱ)していく不定の命。

『螟ｱ荳亥､ｵ縺ｱ縺励◆縺具ｼ?ｼ滂??菴輔ｒ縺輔l縺ｦ縺励◆??ｼ』

「うん、大丈夫だったよ。よく分からないけど治療してくれたみたい？　ハッピーはそれ、最初の頃に増え始めちゃった時の体たよね？　あの時は全然止まんなくて笑ったなぁ」

「そう、か……こいつ、群の性質を受け継いで……ぅぐ、産み落とされてやがるのか……」

邪神の眷属には謎が多い。いつから存在し、何を目的としているのか。大規模な軍勢で守る巣の最奥には何があるのか。上位種ほど単独で群れを離れるのは何故なのか。

そんな中でも、交戦回数が突出している下級兵科の『尖兵』については多くの情報が共有されていたが、長く前線で戦い続けてきた翼徒でさえこのような個体と遭遇したのは初めてだった。兵科の壁を越え、摂理の範疇を越え、無にさえ命を与えてみせる禁忌の所業は、邪悪の最上位種が持つ背徳の権能だ。

「ハッ……っ分かった、テメェは強ぇ。イカれてやがる。俺は……ここで死ぬんだろう」

翼徒は瀕死の体を無理に持ち上げ、いっそ清々しく笑ってみせた。

肉体の治療すら十分に行えなくなった自分。『尖兵』として逸脱した力を持った敵。

既に決定的となった状況の中で、翼徒は一つの目的を持って手の中に光を灯した。残り僅かな命を限界まで焼べた、尊く美しい光を。

「ガキ、安心しろ。シケた終わり方はしねぇ」

少年と目が合い、翼徒は柔らかく微笑み掛ける。もう自分を守る加護は必要ない。治療のための余力も必要ない。必要なのは、全てを投じた最後の一矢だけだ。

心を失う程の汚染を受け、邪神の傀儡となった少年。狂気に囚われて今まで正しく世界を認識できていなかった人の子に、一瞬でも本物の光を見せる。邪悪によって洗脳されている現在とは異なる生き方があるのだと示す。たとえ今この場で正気を取り戻せなかったとしても、いつか少年が真実に気付く切っ掛けになりさえすればそれでいい。

これは人を愛し、人を導くべく生まれてきた天使としての矜持だった。

「よく見とけ。そして感じるんだ。お前が少しでも自分を取り巻く狂気に疑問を持つようになってくれたなら……俺も死に甲斐があるってモンだからよ」

体が沸騰したように熱くなる。自分の中で大切なものが崩れていく。強い喪失感を代償にして、全身に漲ってくる膨大な力。翼徒は限界を超えた力を捧げ、朽ちて横倒しになっていた車輪へと光を焼べた。強い意志が込められた光はやがて熱を持ち、燃え盛りながら回転を始めた二重車輪は闇を照らし邪悪を払う太陽となる。

そうして生まれた太陽は爆発的に増え続ける力を内部に抱き込みながら胎動し、本来の役割である浄化のためではなく、ただ一人の少年を照らすために回転を加速させていった。光球の中心で強引に圧縮された力はついにこの世界の法則では到達できない領域にまで膨れ上がり、抑えきれずに溢れ出た一筋の光でさえ星の地表を焼き尽くすに十分な熱量を持つに至った時、車輪がその核熱を解き放つべく瓦解(がかい)を始め——

「あっ来た来た。ごめんね、急に声掛けちゃって」

——別次元から突如向けられた質量を持つ眼光に貫かれ、上空から滝のように降り注ぐ臓物(ぞうもつ)と体液に呑(の)み込まれて全ての力を失い消滅した。

『縺斐a繧薙?∞-代@驕?l縺滂ｼ』

新たな敵の気配。空間が波打つ程の邪悪。

翼徒が咄嗟(とっさ)に天井へと目を向けると、そこには先程まで存在しなかった円形の泡立つ沼が生まれていた。門を潜(くぐ)るようにして不浄の沼から姿を現したのは、宙に浮かぶ巨大な球状の肉塊。邪神の眷属。

それは絶えず脈打ち、穢れた体液を垂れ流す肉の裂け目から定期的に大量の子を産み落とす世界の敵。現れた大陸を瞬(また)く間に死んだ土地へと塗り替えていく戦略兵器。

通称『母胎(ぼたい)』。決してこのような場所に投入されるべきではない不浄そのものが、瀕死の天使ただ一体を犯す為(ため)だけに顕現した。

『髯阪･j縺。繧?▲縺溘¢縺ｹ潤ｯ縺九▲縺滂ｼ溘♀縺ｲ縺輔?』

援軍はそれだけではない。更にその隣、床から天を貫くように突き出てきたのは『子飼(こが)い』と呼ばれる巨大な柱。大小様々な眼球のみが敷き詰まった凹凸ある肉体は見る者に強烈な忌避感を与えると共に、ここが邪神の領域である事を知らしめる絶望の旗印。

戦場を俯瞰し、前線の兵に効率的な破壊と汚染を指示する司令塔は、その無数の瞳で少年を追いながら眼球同士を擦り合わせる不快な音を響かせている。

「悪いね、召喚の授業の時にも来てもらったのに。ハッピーが危険な相手だって言うから少し心配になっちゃってさ。あっ、そうだ。手土産はまだ用意できてないんだけど、もし良かったら今度お礼も兼ねて食事でもどうかな?」

世界を容易に破壊し得る存在に話し掛ける少年は、自ら作り出した人類史の危機を前に堪えきれない笑みを浮かべていた。

22　壁：ジェイド

学園西端の護陣塔。激しい水音が鳴り止まないその地上階で、俺——ジェイド・グレードは異形の召喚獣と対峙していた。

天井付近に現れた黒渦から濁流が流れ込み、上層へと繋がっているであろう奥の扉を完全に沈め、塞ぐ。そのまま空間を満たすまで上昇するかと思われた水位だったが、開け放たれた入り口の扉から水が流れ出ている事に加え黒渦から流入する水量も不思議と穏やかになった事により、現状は室内の半分に満たない高さを覆い隠す程度に落ち着いていた。

とはいえ陸棲動物の泳ぎでは逆らえない程に水流は激しく、もしシルバーが飛行能力を持っていなければ手も足も出ずに溺死していただろう。何もない空間に水を喚び寄せて環境を作り変え、適性を持たない敵を一方的に殺めるその能力は大きな脅威だ。

（攻め方はどうする。ブレスは……使うべきではないだろう）

力任せの広範囲攻撃。若しくは反撃の手も届かない高高度からのブレス。ここが屋外の戦場であれば真っ先に取るであろう選択肢を除外し、慎重に敵を観察して効果的な攻め方を考える。敵は時間稼ぎに集中するつもりなのか、身構えるばかりで攻撃を仕掛けてくる様子はない。

クラスメイトの召喚獣である事に気を遣い、手心を加えようという訳では決してない。相手が明確な人類の敵であると判明した今、人間であるヘレシー本人は未だしもその召喚獣の生死を気にかけている余裕などない。それでもブレス等の強力な攻撃を躊躇する理由は、ここがメイユールにとって歴史的、戦略的に重要な建造物の中であるからだった。

護陣塔の防護壁は強力だ。入り口の扉こそ突破されているが、それ以外の防御機能は生きている。大量の水による圧力を物ともしない様子を見るに並大抵の攻撃では壁面に傷を付ける事すらできないだろう。

だが、シルバーは特別な召喚獣だ。その絶大な力が護陣塔の防護壁で防ぎ切れるのかどうか、確かめる方法は実際に攻撃してみる他にない。

（そうでなくとも、ここで力を使い過ぎてしまえば後に控えているヘレシーとの戦いで勝つ事などできない。消耗の激しい飽和攻撃ではなく、もっと効率的な……）

「あ、あのー……」

残すべき魔力を逆算しながら間合いを計っている目の前で、敵の召喚獣が大げさに広げていた触手を床へと戻していく。攻撃を開始しないこちらの実力を見下げたか、眉を吊り上げた険しい表情もどこか気の抜けたものに変わっていた。弛緩と油断。この認識の甘さは大きな隙になるだろう。

「……もしかして、私の準備を待っていたりしますか？　それなら大丈夫ですよ。あまり時間を掛けていたらヘレシーさんの用事が終わってしまいます。それは貴方にとって……良くない事ですよね？」

ヘレシーの用事の完遂。それは邪神召喚が成され、世界が滅亡する事と同義だ。

悠長に構えている時間はないと暗に伝えるその言葉が、水音で満たされた空間に緊張と重圧を生む。

息を吸い、シルバーの背を叩く。待機中も静かに闘志を滾らせていた相棒は、翼を一際力強く羽ばたかせて合図に応えた。

「【エンチャント・シャープネス】……シルバー、一気に叩くぞ！」

相棒に特性を付与し、短く指示を出す。大きく高度を上げたシルバーは両翼で宙を掻き、無防備に露出している敵の本体に向けて降下しつつ突進した。この戦場は竜種にとってあまりに手狭だが、高さを利用した加速によって瞬時に大空での速度にまで到達する。

「【スプラッシュウォール】！」

銀竜の突進。少しでも相手の反応が遅れていればその身を両断できたであろう飛行速度。

しかし敵は素早く魔法を行使し、正面に高圧の水飛沫を展開してみせた。

目眩ましと力の受け流し。そして水による戦場の環境操作。人間同士の戦いでは絶大な効果を発揮する水魔法の一つだが——認識が甘い。その程度でシルバーは止められない。

水流で僅かに狙いをずらされながらも大爪は展開された水壁を容易く切り裂き、その奥で回避行動に移っていた敵召喚獣の触手を掠め取るようにして切断した。

すれ違って壁際まで飛行したシルバーは正面に向かって羽ばたき、自らの勢いを殺しながら敵に追撃すべく即座に転回する。恐らく敵の召喚獣は魔法を使って状況を仕切り直そうとするだろうが、この機を逃す訳にはいかない。

「っ！　め、【メイルシュトローム】……！」

「【アクセラレーション】！　喰い破れ、シルバー！」

敵の魔法により水面が局地的に膨れ上がり、中心に発生した大渦が複数の竜巻を伴いながら獲物を呑み込むべく襲い掛かる。本来なら不可避かつ対抗手段の少ないその最上位魔法を強引な加速で掻い潜り、俺達は一筋の銀弾となって巻き上がる水の烈風を突き抜けた。

視界が晴れた先には敵召喚獣の本体。後は真っ直ぐに爪を滑らせて体を引き裂くだけ。

必殺を確信して正面を見据えていた俺だったが、何故かシルバーが身を捻った事により大きくその視線が傾いていく。頭上を影が覆った。

――轟音。

振り下ろされた数本の触手の一本が先程まで自分がいた位置を力強く打ち据え、側面に重い一撃を受けて体勢を崩したシルバーの大爪が空を切る。こちらに命中しなかった他の触手が水面を割り、床にまで到達して亀裂を作ったのを見て、俺はシルバーが咄嗟に体を捻らなければ即死していた事を数瞬遅れで理解した。

俺を背に乗せたまま着水したシルバーは、翼で水を切りながら敵との距離を空けて入り口側の壁際で飛び上がり、空中で水を払い体勢を整える。俺は一連の動作で大きく消耗した騎乗用の魔導具に魔力を込め直しつつ、再び見下ろす形で敵と対峙した。互いに致命傷を与えられないまま状況が振り出しに戻ったが、得られた敵召喚獣の情報は多かった。

強力な魔法を単独で連発する豊富な魔力。一本一本が突進する銀竜の軌道を逸らす程の力を有している無数の触手と、それらを統括して自在に操る情報処理能力。気味の悪い外観に反して全てが召喚獣として高水準であり、遠近問わず、魔法も直接攻撃も使い分けて立ち回れる隙のない性能を持っている。一個体として突出したその力は作戦の主軸として運用するに十分であり、間違っても時間稼ぎに使われるような存在ではない。

(方針を変える。全ての条件を都合良く満たして突破できる相手ではない)

護陣塔を傷付けず、余力を残し、短時間で勝利する。それは最善の目標だったが、一度矛を交えて現実的ではない事がよく分かった。

優先順位を考える。今最も失ってはならないのは時間だ。確実に邪教の儀式を妨害し、平和の敵である信者達を捕らえる。混乱と争いの芽を摘む。致命的な何かが召喚されてからでは遅い。

「……凄い力です。それに、お二人の絆も確かに伝わりました。これならヘレシーさんもきっと認めてくれます。だから、貴方はもう止まっていいんです。一度立ち止まって隣に目を向けてあげて下さい。貴方は……一人じゃない」

「俺はもう逃げない、そう言った筈だ」

遠回しな停戦の提案。先の攻防でこちらを油断ならない相手と見て、単なる力比べだけでなく搦め手を交えた時間稼ぎに切り替えたのだろう。拙い交渉術ではあるが、人語を発するという召喚獣としては珍しい長所を活かした策だ。今が人々の未来を天秤に乗せた極限の状況でなければ、その外見が多少なりともまともであれば、耳を傾ける者もいたかも知れない。敵も焦り、手段を問わず時間を欲している。儀式が成るか成らないか、世界の命運を左右する分水嶺は恐らくここだ。

切り札を切る。竜族が最強種と呼ばれる所以を示す。後悔も責任も、明日を迎えられてから背負えばいい。

「お前は殿の役割を十分に果たして死んだ。ヘレシーにそう伝えてやろう」

意識して勝ち気な言葉を選んだ。相棒の首を撫でると、溢れんばかりの力が躍動の瞬間を待っているのが分かる。自信に満ち溢れていたあの頃のように不敵な笑みを作り、俺はグレード家の伝家の宝刀を抜いた。

「【ショックシールド】、【ヒートバリア】、【マジックヴェール】……見せてやれ、シルバー！」

「グ、Grr……GYAAAAAAAAAAAAAAAAAA!!!!!」

熱線。或いは閃光。

開かれた竜の顎から生まれたのは万物を無に帰す魔力の奔流。ただ同じ空間にいるだけで、幾重にも展開した防御魔法を貫いて大きな衝撃と熱量が身を襲う。

直撃すれば何者も形を保てないと確信できる絶大な破壊力。指向性を持った破滅の波。

過去の戦場で万の敵兵を葬り去った銀の息吹が、行く手を阻む滂沱の水を蒸発させながら目標へと進んでいく。本来は一瞬である筈のその光景が、極度の集中状態によって脳内で引き伸ばされていく感覚。

「は、【ハイドロシェルコート】！」

刹那を切り取ったような時間の中で、敵の反応速度も尋常ではなかった。ブレスを防ぐべく周囲の水を固めて高硬度の水殻を作り出し、そこに室内の水流を集中させる事で少しでも防壁を維持しようと抵抗してみせる。その行いは不変の未来を先延ばしにする延命措置に過ぎないが、最期の時まで時間稼ぎの役割を果たそうとする確かな気概が感じられた。ここにいないヘレシーとどのような契約を結んでいるのかは不明だが、その揺るぎない忠誠心は召喚獣として高く評価されるべき資質だ。

だが、俺達は二人いる。一方的な忠義ではなく、確固たる絆がある。シルバーを助け、その障害を取り除くのは契約者としてではなく家族としての俺の役目だ。

「【アンチ・アクアマジック】」

幼少期、顔合わせを兼ねた競技会で想い人が使っていた魔法。家に帰ってからも目に焼き付いて離れない彼女の姿を想いながら何度も練習した魔法。同じ魔法や戦技を覚えればその才能と努力に追いつけると本気で考えていた過去の自分が、今の自分に残した数少ない中身のある実績。

その属性反発魔法を受け、縮小しながらも辛うじてブレスを防いでいた敵の水殻が波打つように揺らいだ。防壁を完全に打ち消す事はできなかったが、今はそれで十分だった。

「あっ……」

甲高い音が響くと共に水の防壁が砕け散り、小さく発せられた声が掻き消される。敵は触手で本体を覆って防御を固めたが、それごと飲み込むように致命の閃光が降り注いだ。

竜の息吹の直撃。敵対する生命の悉くを消し去ってきた最強種の威光は、今回も例外なくその力を発揮した。幾重にも束ねられた太く長い触手の表面が泡立ちながら変質し、まるで幻想であったかのように光の粒子となって消えていく。強い光に付随する膨大な熱が空間を焼き尽くし、この状況からの回避と生還を不可能なものにする。

紛れもない強敵の、余りにも呆気ない最期。こうして敵対する事なく味方としてメイユールのためにその力を振るっていたとすれば、どれだけ多くの命が救えたのかと考えずにはいられない。そんな口惜しさと共に、戦いが起きている原因であるヘレシーに勝利し、その道を正さなければならないという強い使命感が湧き上がる。

視線の先では途切れる事なく放たれるブレスが敵の体組織を崩壊させ、既に大部分の触手を蒸発させていた。間もなく敵の本体にも破滅の光が届き、戦闘が終わるだろう。

今度こそ勝利を確信し、次の戦いに思いを馳せる。体内に意識を向け、残った魔力の量を確認する。

その時だった。

（……？　何が――）

先ず変化したのは室内の照度。敵を消滅させるべく放たれていたブレスが中断され、背中の俺を何かから庇(かば)うようにシルバーが水面付近へと高度を下げる。

強い胸騒ぎと異物感。上層から僅かに漏れ出ていた既知の狂気が何倍にも膨れ上がる感覚——それだけではない。一つ。いや、二つ。完全に未知の邪悪な存在が空間を跨(また)ぎ現れ、天井の壁一枚を隔てた頭上に降り立っている。

天地を塗り潰す穢(けが)れ。人類を複数回滅亡させて尚(なお)弱まりそうにない強大な悪意。そんな世界にとってこれ以上ない異物が、よりによってこの国の中心に同時に顕現していた。

「俺は……間に合わなかったのか……」

尋常ならざる空気。ただ真下にいるだけで何もせずとも息苦しく、体が震え、意識が奪われていく。

狂気と瘴気(しょうき)。空間を歪(ゆが)ませる程に濃い穢れ。死よりも恐ろしいものが天井の魔法障壁を貫通し、どろりと染(し)み出すように上から溢れ落ちてくる。ここは既に邪神の領域だ。

「あ、危なかった……もう少しで、逃げ帰らないといけないところでした」

敵の召喚獣が半壊した防御姿勢を解き、本体が姿を見せる。欠損した触手を補充するように新たな触手が内側から現れ、粘液を撒(ま)き散らしながら身を捩(よじ)る。

敵を仕留め損なったという事実には何も思わない。今俺の頭の中を支配しているのは、ただ上層にいる存在達への恐怖だけだった。

「貴方達の力、本当に凄かったです。でも、私もこの戦いで負ける訳にはいかないんです。ヘレシーさんの召喚獣になって、初めて単独で任された仕事なんです。ここで失敗したら……失望されちゃいます」

ここで気付いた。絶えず水を吐き出していた黒渦が放水を止め、天井と壁を完全に覆い尽くすまで拡大していた事に。

「人間って水中で呼吸できませんよね。ちょっと狡いかなと思って水位を加減していたんですけど……ごめんなさい、私も嫌われたくないんです。もう天井まで沈めます」

巨大な黒い渦から堰を切ったように大量の水が流入する。超質量を持った水の壁が全方位から迫り、まともに抵抗する事もできないまま押し流される。まるで海の一部を切り取って召喚したような圧倒的な光景。

「貴方は挑戦者としての役割を十分に果たして死んだ。ヘレシーさんにそう伝えておきます。……なんて」

先程のこちらの発言に対する意趣返し。そんな敵の言葉遊びに反応する時間は残されていなかった。

空気に触れていられたのは一瞬。水の壁同士がぶつかり合う衝撃で奥に通じる扉が壊れ、水が流れ出ていくのを視界の端に捉えながら、俺は窒息するよりも先に意識を失った。

23　人が望んだもの

「ハァ、ハァ……っ、せめてガキの洗脳だけでも……解いてやりたかったが……！」

「え、僕って洗脳されてたの？」

『縺昴≧縺?縺」縺溘ｓ縺ｧ縺吶（そうだったんですか……？）』

『驕輔≧（違う）』

やあ、僕の名前はヘレシー！　何故か村にあった本を持っていたサヴァン先生が召喚した翼のひとに襲われた僕達は、ハッピーの知り合いか親族か分からないひと達――『母胎』さんと『子飼い』さんに助けてもらいながらどうにか相手の無力化に成功したんだ！

今は肉柱に四肢を埋め込んで拘束した相手を皆で取り囲んでいるところ！　助っ人が来てくれた後もとんでもない暴れっぷりで、落ち着いて対面しようとするだけで一苦労だったよ！　ちょっと強さの次元が違うね！

ようやく話し合いができると思ったら開口一番に洗脳とか言われて驚いたけど、僕とハッピーの性格が似てるって事なら一緒に生活してるんだし当然じゃない？

「『母胎』さんと『子飼い』さんはこの翼のひとと知り合い……なんだよね？　どういう関係なの？」

『縺？▽繧らｴ√▲謗帙°縺」　縺ｦ縺上ｋ螂ｴ繧峨？蜈ｵ髫翫？ゅ∧縺ｸ縺九ｉ縺狗樟繧後※縲∞享讐九↓遘？#縺ｮ蝣ｴ讐？繧貞・ｪ縺翫≧縺ｨ縺励※縺上k縲ゆ」（いつも突っ掛かってくる奴らの兵隊。いつからか現れて、勝手に私達の場所を奪おうとしてくる。互いに相性が悪いから加減が難しくて困ってる）』

『遘？#縲８ｽ輔°蜿励←鬮懊ｋ繧医≧縺ｪ莠九@縺溘°縺ｪ縲∞縺ｨ縺ｫ縺ｨ？。縺九▲縺ｦ縺上ｌ縺」縺ｦ縺上ｋ縺九ｉ縺ｫ縺ｯ縺ｪ縺上□繧医♀縺吶ｃ縺輔〒縲（私達、何か気に障るような事したかなー？　ちょっと散歩で外をウロウロしてるだけで滅茶苦茶怒ってくるからウケるんだよね）』

「うわ、それは大変だね」

淡々とした話し方なのが『母胎』さんで、ノリが軽そうなのが『子飼い』さんだね！

ふたりの説明を要約して例えると、田舎の半グレが因縁付けて絡んできてるって感じなのかな？　そういうのってどこの世界にもいるんだね！

「へっ、俺を殺すだァ？　んな事、わざわざ言わずにさっさとやりゃいいだろうが……！　おいガキ、よく見とけよ。今からこいつらが何をして、俺がどうなるのかを……！」

「あれ？　もしかして『母胎』さん達の言葉って翼のひとに正しく伝わってない感じ？」

『縺昴?縺昴?縲ゅさ繝溘Η繝九こ繝ｼ繧ｷ繝ｧ繝ｳ蜿悶ｌ縺ｪ縺?°繧芽ｩ（そーそー。コミュニケーション取れないから詰んでるんだよね）』

『諤昴＞霎ｼ縺ｿ縺梧ｿ?縺励＞（思い込みが激しいのも厄介）』

「ええ……？」

一切話が通じないのなら未だしも、全然違う内容として伝わってるのが終わってるね！　悪いけどちょっと笑っちゃった！

僕が間に入って根気よく話せば通訳できそうだけど、今はあんまり時間が無いからまた別の機会にしたいかな！　なんだか塔全体が軋んでるし、下から激しい水の音が聞こえてくるのが気になって仕方がないんだよね！　多分だけど地下とか水没してない？

『謨ｵ?溘??縺ｪ繧臥ｧ?＃繧よ焔莨昴≧（敵？　なら私達も手伝う）』

「いや、下で仲間がちょっとね。これが済んでから様子を見に行くよ。『母胎』さん達ってさ、こうやって襲ってきた相手を無力化した後はどうしてるの？」

『荳?譌ｦ遘?＃縺ｮ蝣ｴ謇?縺ｾ縺ｧ謖√▲縺ｦ蟶ｰ縺｣縺ｦ縲∝ｼｱ縺上↑縺｣縺ｦ縺九ｉ霑斐☆縲ゅ（一旦私達の場所まで持って帰って、弱くなってから返す。すぐに襲ってくると面倒だから）』

『縺薙ｓ縺ｪ縺ｫ豌励ｒ驕｣縺」縺ｦ繧ょ髄縺薙≧縺ｯ縺頑ｧ九＞辟。縺励↑縺ｮ縺悟峅繧九ｈ縺ｭ繝ｼ縲ょ挨縺ｫ蠅励∴繧九°繧峨＞縺?s縺?縺代←縲∝酔縺倥ｸ蜈??（こんなに気を遣ってても向こうはお構い無しなのが困るよねー。別に増えるからいいんだけど、同じ次元の住人に対してもう少しリスペクトいるくない？）』

あ、それ分かる。僕も最初は貴族の人に話を聞いてもらえなくて困ったんだよね。でもクラスに馴染（なじ）んだ今ではすっかり状況が変わって……いや、あんまり変わってないかも。一番話す機会が多いレティーシアも半分くらいしか話聞いてくれてないかも。

「……じゃあ早速で悪いんだけど、この翼のひと、地元に連れて帰ってもらっていいかな？　この体勢で待たせるのも心苦しいし」

『繧ゅ■繧阪ｓ縺?ｈ繝ｼ縲ゅ〒繧ゅ?∽ｻ翫?迥ｶ諷九〒縺ｯ繧?ａ縺ｨ縺?◆譁ｹ縺後＞縺?°繧ゑｼ?（もちろんいいよー。でも、今の状態ではやめといた方がいいかも？）』

『縺昴?蜈ｵ髫翫?√％縺ｮ荳也阜縺ｫ髢｢騾｣莉倥＞縺ｦ蟄伜惠縺檎ｸ帙ｊ莉倥￠繧峨ｌ縺ｦ繧九よ悽縺ｫ縺ゅｋ譛ｬ縺悟次蝗縲（その兵隊、この世界に関連付いて存在が縛り付けられてる。背中にある本が原因）』

「本？　あー、あれね」

肉の管を伸ばして『母胎』さんが指し示してくれた先を目で追うと、なんと翼のひとの背中にサヴァン先生が持っていた例の本がくっ付いているのを見つけたよ！　戦ってる時は魔法陣の上に転がってたのに、今は召喚獣の背中にあるとか呪物かなにか？

　召喚獣がやられちゃったから送還しようとしてるけど、思ってたのと違う召喚獣だから戻せないみたいな感じかな？　詰んでない？　呪物かなにか？

『螟壼?縺?縺代←縲√◎縺ｮ螂ｳ縺ｮ譬ｼ繧定誠縺ｨ縺吶°縲ゆｸｻ逾槭°繧牙?繧企屬縺帙?蜿悶ｊ螟悶○繧銀?ｦ縺九ｂ（多分だけど、その女の格を落とすか、主神から切り離せば取り外せる……かも）』

『誇・縺?〒繧九→繧臥ｧ?#縺ｧ譟薙ａ貎ｰ縺励※蠑輔″蜑･縺後＠縺ｦ繧ゅ＞縺?¢縺ｩ縲√％縺薙?ｸ蟶ｯ縺ｮ迺ｰ蠅?b螟峨o縺｣縺｡繧?＞縺昴≧縺ｪ繧薙□繧医?縲ゅ◎縺?＞縺?〒螟ｧ荳亥､ｫ縺?（急いでるなら私達で染め潰して引き剝がしてもいいけど、ここ一帯の環境も変わっちゃいそうなんだよね。そういうの大丈夫そ？）』

「大丈夫じゃなささそ」

　うん、申し出は大変ありがたいんだけど一旦は遠慮しておこうかな！　あの本ってあんまり認知したくはないんだけど僕の故郷から出てきた物らしいし、先にこっちで何とかできないか考えてみるね！

　肉柱の側面に回り込んでこの残念な状況を観察してみると、開いた本が肉柱と翼のひとの間に挟まって猫背を防止するクッションみたいになってるのが見て取れるね！　翼の根元を隠すように被さってるのがオシャレアイテム感あるよ！

「う―ん、どうすれば解放してあげられるかなぁ」

「ガキ……そんな体になっても俺を助けようと……優しい子だ。だが心配すんな。俺は不死身……なんて事はねぇだろうが、情けねぇ死に様は見せねぇからよ。いいかガキ、お前にはまだ見えねぇだろうが、この世界には鮮やかな色がある。幸福を願う人の善意がある。人間が神を必要としている限り、その想いが俺を支える。俺は俺でいられるんだ」

「？　あ、うん」

歪に噛み合った状態で会話が進んでいくのが面白いね！　なんでそんなに母性溢れる表情をしてるのかは知らないけど！

「人間が神を必要とする限り、ねぇ。……あ、そうだ。僕、丁度いい物を持ってるよ。ハッピー、あれ出してくれない？　前に町で買ったやつ」

『縺遺?ｧ窶ｧ縺ゅ?闃吶&繧後※雋ｬ縺縺溷黄?（え……あの騙されて買った物ですか……？）』

「へ？　いやいや、あれはいい買い物だったから！　お買い得だったから！」

『縺ゅ▲窶ｧ窶ｧ縺昴≧縲√〒縺（あっ……そう、ですね……）』

「何か言いたげな雰囲気のまま言葉飲み込むのやめて？」

そう、ハッピーが可哀想なものを見るような目で空間から取り出してくれたのは、僕が町の武具屋さんから格安で買った草刈り鎌！　折れた刃が半端（はんぱ）な長方形になってる個性的な一品！

ハッピーから受け取って素振りしてみたけど、やっぱり取り回しが良くて扱いやすいね！　一度に刈れる草の量が少なくて草刈り鎌としては使い難（にく）いかも知れないけど、そもそも護身用っていう名目で買ったんだし決して騙されてはいないよ！

「これ、武具屋さんが神様を否定しながら打ったらしいから試してみようよ。結構な恨みが込められてるんじゃないかな。連勤だったみたいだし」

「……あのな、ガキ。俺を想ってくれるのは嬉（うれ）しい。だがな、これだけ神への信仰が偏った世界でそれを否定してる人間なんて……ッ⁉　いるのか……」

「いたんだよね。僕も驚いたよ」

草刈り鎌を注視していた翼のひとが、そこから作り手の熱い想いを感じ取って困惑しているね！　僕もそうだったから気持ちは分かるよ！

あの武具屋の店員さん、腕は良さそうだし営業の手腕も確かだったけど、思想が尖（とが）り散らかしてる上に発言も迂闊（うかつ）だから教会関係者に消されないか心配だよね！

『逾晉ｦ上？讐ｹ蝠ｹ繧貞凄蝗壹☆繧後？繝８ｽ戊⁉┳繧ゅ↑縺？ｪ倅惠縺ｫ縺ｧ縺阪k豈ｦ豈ｦ縺九ｂ繧ょ縺ｫ驕？縺上∪縺ｧ髪「繧後※繧九。繧峨？√（祝福の根幹を否定すれば、何者でもない存在にできる……かも。既に遠くまで離れてるから、そのくらいの呪いでも否定できる……かも)』

『縺薙？荳也阜縺ｮ菴懊ｉ繧後◆驕灘ｷ？繧剃ｽ縺？▲縺ｦ縺ｮ縺？∧繧医？繝ｼ繧ゅｄd縺縺

(この世界で作られた道具ってのがいいよねー。やっぱり自然な干渉が一番!)』

「よく分からないけど、試す価値はありそうで良かったよ。じゃあ、はい。ハッピー」

『縺医？窶ｦ窶ｦ遘√′？繧？k繧薙〒縺吶°窶ｦ窶ｦ(ゑえ……私がやるんですか……?)』

「だって僕じゃ背が届かないし、『母胎』さんも『子飼い』さんも手が無いじゃない?

ハッピーは故郷でもよく草刈りしてたから適任かなって」

『闕牙？繧翫↓髢｢「縺励※縺ｯ√？繝ｬ繧ｷ繝ｼ縺輔ｓ縺悟些縺ｪ縺」縺九＠縺？°繧臥ｧ√′繧？ｉ縺輔ｌ縺ｦ縺？◆縺縺代↑繧薙〒縺吶′1(草刈りに関してはヘレシーさんが危なっかしいから私がやらされていただけなんですが……?)』

「……」

『繝ｘ繝ｬ繧ｷ繝ｼ縺輔ｓ縺悟ｭ蝉ｾ帙？鬆？↓骼後ｒ謖ｯ繧雁屓縺励※驕翫ｓ縺縺帙＞縺ｧ縲∵ｸ｡&繧薙′遘√↓莉ｻ縺帙ｋ繧医≧縺ｫ縺ｪ縺｣縺溘□縺代↑繧薙〒縺吶′(ヘレシーさんが子供の頃に鎌を振り回して遊んだせいで、お母さんが私に任せるようになっただけなんですが……?)』

「……」

正論で僕を黙らせたハッピーは、柔らかな肉体を混ぜ返して腕が密集した部位を作り出すと、その複数の手を使って僕から鎌を受け取ったよ！

肉柱を登り始めたハッピーを見た翼のひとが死を覚悟したかのような儚い表情をしているのが気になるけど、どうせ今の状態じゃ話が噛み合わないだろうから一旦無視して作業を進めちゃおう！　下の階層が気になるのもそうだけど、誰かに見つかる前に大魔法陣の掃除もしておかないとマズいよ！

「その得物で俺の首を落とそうってか。ハッ、やってみろ。俺は命乞いなんてしねぇ。死に際は汚さねえ。無様なツラが見れなくて残念だったな」

「ハッピー、頑張ってね。ゆっくりでいいから、本と背中の隙間に刃を通す感じで……いや、本当は急いでほしいんだけど……」

『縺ｯ縺⁈よ呑邱壹↓豐ｿ縺ｯ縺縺ｦ窶ｦ窶ｦ諷（はい。曲線に沿って……慎重に……）』

「おい、後ろで何を……おいっ！　翼切れてんぞ！　何やってんだ⁉」

『縺ゅｌ窶ｦ窶ｦ縺薙▲縺。縺（あれ……こっちかな……？）』

「後ろでチマチマ細けぇ事してんじゃねぇ！　殺すなら一思いに……ってオイ服切んな！　ガキが見てんだろうが！　いいからさっさと殺……だから服切れてんぞって！　弄ぶなッ！　天使にも尊厳ってモンが……ああ――っ⁉」

24 顛末：ケデル

報告書

作：ケデル・オスティナート

メイユール王立召喚師学園の臨時講師であったサヴァン・タレッジは世界滅亡を目論む団体『邪教』の幹部であり、学園の内側から警備体制や護陣塔などの情報を集めていた諜報員であった。

数年前、南方の農村から持ち込まれた邪神召喚の書物を手に入れた邪教は、儀式の準備に注力すべく体制を変更。サヴァン・タレッジとリーベル・アレミナを最高幹部に据え、書物に記された『使者』が現れるその時を待ちながら供物に邪悪な祈りを重ねていった。

事件当日、陽動を目的にサヴァン・タレッジの召喚獣が学園の本校舎に攻撃を開始。校舎内で執務中だったケデル・オスティナートと戦闘になり、召喚獣は大きく損壊しながらも補助魔法を受けて戦闘を続けていたが、召喚師との交信後に補助を打ち切られて停止した。

一方、護陣塔では邪教による邪神召喚の儀式が行われていた。しかし実際に大魔法陣から召喚されたのは邪神ではなく悪魔と呼ばれる存在であった。悪魔は邪悪な力で王都を混沌に陥れようと試みたが、護陣塔に突入した一学年のレティーシア・クレセリゼと同学年のジェイド・グレードがこれを討伐。邪教の目的を阻止した。しかし戦闘による被害は大きく、護陣塔には今も汚染や水没等の痛々しい痕が残っている。

王都では即日の大規模な強行調査により、各所に潜んでいた邪教徒の全員が取り押さえられた。教団内で階級の高かった者の多くは近年発言力が弱まりつつある武家貴族の子世代であり、これはサヴァン・タレッジやリーベル・アレミナも同様であった。捕らえた邪教の信者達はその強い信心により、我々とは異なる現実を見ているようであった。

こうして悪魔は討伐され、邪教も事実上の解散となり一連の事件は終息した。同様の事件が再び起こらないよう他の宗教団体に対する内部調査も決定しており、王都はこれまで以上に安全かつ強固な大陸の中心として栄えていく事だろう。

メイユールに更なる繁栄を。ニフィレリカ様万歳。

「ケデル、お前から受け取ったこの報告書だが……」

◇　◇　◇

メイユール王城。その一室。高価な調度品が並んでいるものの部屋自体は狭く、会議はおろか執務すらも満足に行えないであろうその場所は、国王が私的な話し合いの際に好んで使う部屋の一つだ。

「騎士からの報告と内容が異なっている。『聖書』の出所を曖昧にしたいのは分かるが、隠すにしてももう少し上手くやれ。ここでは良いが、俺とて玉座の上では厳しく追及せざるを得ん」

部屋の最奥で幅広の椅子に腰掛けているのは国王ニフィレリカ・ヴォルス・メイユール。白い髭を伸ばし、やや背中を丸めた様子からは生物的な全盛期を過ぎた印象を受けるが、その眼光には長く続く戦争で培った非情と好戦が染み付いている。

その正面で先程から額の脂汗を拭き取っているのは、内容を一部隠匿した報告書を提出したが故に国王から直接個室に呼び出された男――つまり俺だ。

「そうだな……クレセリゼ家と相談して報告書の内容をもう一度詰めろ。事件当時、護陣塔にはディンゼの娘がいたのだろう？　適任ではないか」

「……はっ」

「それと回収した『聖書』。今は地下に隔離しているが、護陣塔から輸送するだけで既に体調不良者が複数出ている。初代から伝えられてきたシアワセ村の脅威の一端を見て個人的に感動している半面、国を背負う人間としてはやはり警戒せねばならんと思う」

脅威。その表現は正しい。

あの寒村の住人は馬鹿ばかりだが、その瞳に宿す狂気は本物だ。積極的に関わるべきではない。

学園に入学する程度には才能があるらしいあの馬鹿（ヘレシー）でさえ、本当に正気を保っているのかなど分かったものではない。外からの観測では、人の本質など見えはしないのだ。

「とはいえ隣国の防波堤として役に立っている以上、あの村に今更軍を差し向けるつもりはない。だが既に持ち出されてしまった他の遺物は別だ。少なくとも王都内に持ち込まれ、使用される事がないよう目を光らせる必要がある。そこでだ」

今後どうやってあの村から距離を置くか。あの地域だけ王に返還できないか。次に問題を起こしたら税を倍にしてやろうか。細かく相槌（あいづち）を打ちながらそう思案していた俺だったが、途中で王が言葉を切った事に何かを感じ取り、弾（はじ）かれたように顔を上げた。

「シアワセ村と遺物に関しては、今後お前に一任する事にした。可能な限り協力者は募らず、内々で事を進めろ」

「は――」

この部屋に呼び出された時点で気付くべきだった。当主時代、あの村について国が一歩引いた立ち位置を保っていた時点で気付くべきだった。あの村が数々の問題を起こした時、穴だらけの報告書に一切の指摘を受けなかった時点で気付くべきだった。

俺は、誇り高きオスティナート家は、初代国王から叙爵した遥か昔から貧乏くじを引かされていたのだ。

思考停止した俺の頭の中では、腹立たしい村人達の笑顔がぐるぐると回っていた。

「問題があれば俺に直接言え。無論、遺物を見つけた場合もだ。あれは素晴らしいぞ。兵器として転用できれば、娘に代替わりする前に大陸を統一する事も夢ではない」

「陛下」

「記録癖のあった先代すらあの村については口頭での言い伝えに留めたのだ、書面には何も残すな。この報告書からも存在ごと消しておけ」

「陛下」

「必要な物は近衛を通して要求しろ。俺はお前の忠誠に期待しているのだ。改めて言う事でもないだろうが……裏切ってくれるなよ？」

25　エピローグ

やあ、僕の名前はヘレシー！

小さい頃に呼び出した召喚獣のおかげで召喚師としての素質を認められた僕は、あの有名なカンガス地下監獄に収容される筈だったんだけど即座に釈放されたんだ！

護陣塔で翼のひとに遭遇したあの日、生皮本の処理が終わってからハッピー達には一旦帰ってもらって、溺れていたジェイド君を助けたり、地下室の水没を防いでいたコン子さんから文句を言われたり、上層に戻ってハイドラと血を洗い流したりしていたんだけど、掃除の途中で騎士っぽい人達が突入してきてサヴァン先生や黒装束の人達（邪教っていう団体らしい）と一緒に捕まっちゃったんだよね！　事情があったとはいえ神話に出てくるような建造物を傷付けたり水没させたのはやっぱり良くなかったみたい！　人助けの結果だから後悔はしてないけどね！

冷たい檻の中で今後の身の振り方について考えていたんだけど、どうやらレティーシアや学園長代理が根回ししてくれたようですぐにお日様の下に出られたんだ！　同じ檻に入っていた邪教の女性がやたらと親しげに話し掛けてきて困っていたから助かったよ！

「学園長代理と相談しながら報告書を作ったの。公にできない情報を隠すために別の情報を盛り込んだりして……かなり整合性を取るのに苦労したのだけれど、なんとか間に合って良かったわ」

今はそんな事件があった数日後で、朝から自室にやって来たレティーシアとお茶を飲んでいるところ！　見た事がないくらい疲れた様子で背もたれに体を預けている彼女の話によると、どうやら偉い人達に見せる報告書を作るのに苦労していたみたいだね！　まぁ臨時とはいえ召喚師学園の講師が主犯の一人だったなんて正直には書けないだろうし、色々と工夫が必要そうな事は察しがつくよ！

「お疲れ様。ごめんね、そっちも忙しいのに捕まった件で手間取らせちゃって」

「そんな事はないわ。そもそも協力を依頼して騒動に巻き込んでしまったのは私だし、貴方(あなた)が邪教と無関係なのは初めから分かっていたもの。護陣塔の損壊も改修する良い切っ掛けになったくらいよ」

「そうなんだ？　そういう事なら良かったよ」

「コン子も競合しそうな存在の定着を未然に防げたと喜んでいたし、私としても貴方が功を立てた事を嬉(うれ)しく思っているわ。報告書には名前を出せなかったけれど、これならクレセリゼ家の雇用条件も十分に満たして――」

「雇用条件？」

「いいえ聞き間違いよ気にしないで忘れて頂戴。そういえば貴方に渡したい物があったの。たった今思い出したわ。これを見て」

「話題の変え方が強引過ぎるんだよね」

急に目が合わなくなったレティーシアが服の中から取り出したのは一枚の紙片！　厚みのあるしっかりとした質感をしていて、端に捺された大げさな印影が発行元の影響力を仰々しく物語っている代物！

「今回のお詫びとお礼を兼ねて、王都の飲食店で使える食事券をクレセリゼ家で用意したわ。宛名も書いてあるから貴族向けの店でも問題なく使用可能よ。受け取って頂戴」

「え、凄い。ありがとう！　……でも、食事券って確か……」

「大丈夫よ。これには回数制限を設けてあるわ。何度でも使えるものは貴方がボードゲームで私に勝った時の報酬……そういう事でしょう？」

「さすが。君と出会えて良かったよ」

そう！　今や僕にとっての食事券は単なる景品じゃなくてレティーシアとの約束でもあるんだよね！　この熱い信条を汲んでくれる良き理解者に出会えて嬉しいよ！

　ハッピーも一緒にボードゲームを上達していこうね！　彼女に挑む時には助言よろしく！

『遏・逡・繧ｲ繝ｼ繝？縺ｫ莠悟ｯｾ荳？縺ｧ謖代？縺ｮ縺ｯ菫｡譚｡縺ｫ蜿阪＠縺ｦ縺ｪ縺?ｓ縺ｧ縺吶°縺ｾ縲ゑｼ溘?』の印字は以下のとおり：
『遏・逡・繧ｲ繝ｼ繝？繧ｵ莠悟ｯｾ荳？繧ｱ譏代？繧ｮ繧ｯ菫。譚。繧ｵ蜿阪@繧ｧ（知略ゲームに二対一で挑むのは信条に反してないんですか……？）』

「それじゃあ早速だけど、お昼になったらこの券を使って一緒にどこか食べに行かない？　書類仕事ばっかりで疲れたでしょ」

「うん……？　これは貴方への報酬よ。私に気を遣う必要はないわ」

「ご飯は友達と一緒に食べた方が美味しいじゃない？　どうかな」

「ともだち。……ありがとう、本当に嬉しいわ。是非一緒に行きましょう。友達なのだから私達は食べさせ合いをするべきだと思うわ。あと布団も交換したまま捜索を打ち切って構わないわね？　だって私達は友達なのだから」

「友情一本で全部解決しようとするじゃん」

　レティーシアに友情を否定されなかったのは嬉しいけど、即座にそれを無敵の免罪符みたいに振りかざすのはちょっと強か過ぎると思うな！

　入学式の日は人間関係に不安を覚えたりもしたけど、蓋を開けてみればこうやって友達もできたし王都に来て本当に良かったと思うよ！　残念ながらサヴァン先生が成績点にならなかったから進学できるか怪しいのは置いといて、学園の内外で得た様々な出会いと経験は故郷から一歩足を踏み出さないと得られなかった貴重なものだよね！

あ、出会いと言えば直近にも一つあったから報告しておこうっと！

「そうそう、次会った時に伝えようと思ってたんだけど、実は事件について進展というか、ちょっとした新情報があるんだよね。少しは君の役に立てばいいんだけど……」

「事件の、新しい情報……？　……いいえ、邪教徒は全員捕らえたし、これ以上は何も無い筈よ。というか、今より少しでも話が拗(こじ)れると本当に報告書の整合性が取れなくなるから、申し訳ないのだけれどそれは貴方の中に留めておいてもらえないかしら。報告会は明日なの。邪教が呼び出した召喚獣の事だって、辻褄(つじつま)を合わせるのに本当に苦労して――」

「その召喚された本人がいるんだよね」

僕がそう言って手招きすると、どこからともなく差してきた温かな光に導かれるようにして純白の翼を持った女性が降りてきたよ！　大きく翼をはためかせて床にふわりと降り立つ様子には目を逸(そ)らしたくなる程の清らかさがあるけど、羽根が散らかって掃除が大変だから室内ではあんまり羽ばたかないでほしいな！

「遅(おせ)ぇぞガキ！　何かあったらすぐに呼べって言っただろッ!?　早く俺の後ろに隠れろ！」

「紹介するよ。天使のフィリエルさん。なんかこっちに取り残されちゃったみたいでさ」

「やめて頂戴。見たくない。聞きたくないわ。報告書はもう完成したの」

「武具屋さん一人の呪いだと祝福は断ち切れても繋がりが残ったんじゃないかって話だよ。正規の手順で召喚されてないから契約もできないっぽいし、色々不安定なんだよね」

「報告書はもう完成したの！」

あ、レティーシアが立ち上がって背を向けちゃった！　急な話で少し分かり辛かったかな？　でもほら、事実は事実としてきちんと共有するべきだと思うからさ……。

決して僕一人で爆弾を抱えておくのが嫌だったとか、問題が起きた時に巻き込める関係者を増やしたかったとかそういう訳じゃないから！　友達！　友達だから！

「そうだ、ハッピーとの関係性も説明した方がいいよね。出てきてくれる？」

『纏〻綢〻纏（はーい）』

「用事を思い出したわ。私はここに来なかった。何も聞かなかった！　ドアを開けて頂戴！」

なぜ逃げるんだい？　僕の召喚獣は可愛いよ。

あとがき

本書をお手に取って頂き誠にありがとうございます。初めまして、夜迎樹と申します。

あとがきに書く内容のお約束やフォーマットも知らない素人が、たった今、手探りで出版物に載る文章を書いています。つまり私の裁量一つで今朝食べた物や飼っている犬の種類などのクッソどうでもいい情報が出版できてしまう訳です。これは大変な事やと思うよ。

（朝食：ぜんざい　飼い犬：マルチーズ、シーズー）

「それってフォーマットとかありますかね？」これは出版業界について何も知らない私が事ある毎に編集さんに問うてきた言葉です。そして、返答は必ず「どんな感じでも大丈夫です」でした。その言葉に「字書きなら様式などに囚われず、内容のみで勝負してみせろ」という叱咤の想いが込められている事に気が付いたある夏の夜、私は己の愚かさを恥じて涙したのです。そうして頂いた貴重な教えを守り、前例を顧みず、自分なりの言葉だけで文章を綴っていった結果――あとがきがこのようになってしまいました（責任転嫁）。

さて、本作はファンタジア大賞さんで大賞とアンバサダー特別賞を受賞させて頂いた……にも拘わらず、感嘆符（！）と疑問符（？）が多過ぎるふざけた書き方の作品です。内容もそんな文体に違わず最初から最後までボケとツッコミが連続するコメディ小説であり、シリアス風の場面も全部ギャグシーンだと思って書いています。重いテーマや深いメッセージなんかも存在せず、あるのは脳天気なキャラクター達と陰鬱な創世神話だけです。

応募時はもう少し痛々しい描写もありましたが消えてしまいました。性癖に従って書いただけのシーンだとバレてしまったようです。あとヌルヌルの触手に全身埋もれる話も消えてしまいました。性癖に従って書いただけのシーンだとバレてしまったようです。

まだまだ書きたい事はありますが行数が足りないので最後に謝辞を。去年の夏に「小説書いたならついでに公募出したら？」と小説公募の存在を教えてくれた友人、本作を担当しようと手を挙げて下さった編集さん、受賞作に選んでいただいた最終選考の先生方と編集長さん、素晴らしいイラストで作品世界を何倍にも広げて下さったスコッティさん、思わず口角が上がる異形を生み出して下さったバリキオスさん、出版に関わった多くの方々、そして何より今この本を開いているあなた。この度は本当にありがとうございました。

今後どれだけこうした活動をさせて頂けるのかは分かりませんが、業界から干されても私はどっかで楽しくエロ小説とか書いてます。もし見かけた際は気軽にお声がけ下さい。

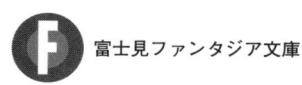

富士見ファンタジア文庫

なぜ逃(に)げるんだい？ 僕(ぼく)の召喚獣(しょうかんじゅう)は可愛(かわい)いよ

令和7年1月20日　初版発行

著者——夜迎(よむかえ) 樹(いつき)

発行者——山下直久

発　行——株式会社KADOKAWA
〒102-8177
東京都千代田区富士見2-13-3
0570-002-301（ナビダイヤル）

印刷所——株式会社暁印刷

製本所——本間製本株式会社

ISBN978-4-04-075735-3 C0193　◇◇◇

女神の器
魔導院
なぜ
逃げるんだい？
僕の召喚獣は
可愛いよ
Why do you run away?
Why? My summoned beast is
very cute!
第2巻
2025年春
発売予定
※2025年1月時点の情報です

次回
ヘレン！
外交デビュー!!
座天使
最初の子
ステラ
星の意思
上位世界

切り拓け！キミだけの王道
ファンタジア大賞
原稿募集中！
賞金
《大賞》300万円
《金賞》50万円
《銀賞》30万円
選考委員
細音啓「キミと僕の最後の戦場、あるいは世界が始まる聖戦」
橘公司「デート・ア・ライブ」
羊太郎「ロクでなし魔術講師と禁忌教典（アカシックレコード）」
ファンタジア文庫編集長
前期締切 8月末日
後期締切 2月末日
公式サイトはこちら！ https://www.fantasiataisho.com/
イラスト／つなこ、猫鍋蒼、三嶋くろね